Éric Senabre

Né en 1973 en région parisienne, Éric Senabre est passionné par la littérature du XIXe siècle. C'est pourtant vers des études scientifiques qu'il se tourne, avant de passer un DEA de Lettres modernes. Il est journaliste dans la presse high-tech depuis plus de dix ans.

Du même auteur

- Sublutetia – Tome 1 – La révolte de Hutan
- Sublutetia – Tome 2 – Le dernier secret de Maître Houdin
- Sublutetia – Tome 3 – Le ventre de Londres
- Megumi et le fantôme

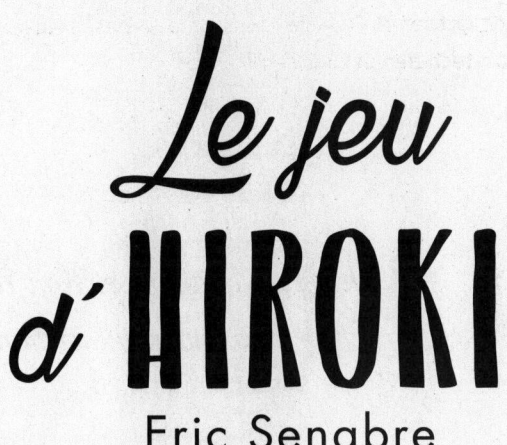

Le jeu d'HIROKI

Eric Senabre

Illustrations : Laure Ngo

À Shigeru Miyamoto et Koji Kondo,
les nouveaux enchanteurs.

CHAPITRE UN

Consoles et petits plats

Au nord-est de Tokyo, dans la préfecture d'Ibaraki, se trouve une ville nommée Hitachi. Pour les touristes, du Japon et d'ailleurs, Hitachi doit sa réputation à son magnifique parc floral qui, au printemps, éclate de couleurs. Mais au-delà des fleurs, là où vivent vraiment les gens, la vie n'a rien d'un feu d'artifice. Quelques belles avenues bordées de cerisiers, comme sur les cartes postales, cachent au regard des rues tracées au cordeau, des maisons collées les unes aux autres et des commerces sans âme qui feraient presque oublier aux habitants que la mer se trouve si près d'eux.

C'était dans l'une de ces rues, et plus précisément dans l'une de ces modestes maisons à un étage, presque cubiques, au toit tout plat, que vivaient Hiroki et son père. Partir de Tokyo n'avait pas été simple pour le petit garçon de dix ans, habitué à l'incessant bourdonnement d'énergie de la capitale, à ses merveilles, ses tentations et ses bizarreries. À Hitachi, tout lui paraissait plus terne, moins gai. Mais bon an mal an, depuis six mois qu'il habitait dans sa petite maison aux lattes blanches, il tâchait de s'habituer à ce nouvel horizon.

Ce matin-là, Hiroki fut tiré de son sommeil par un vacarme provenant du garage. Il ouvrit un œil, vit que le soleil brillait et regarda l'heure : pouvait-il être déjà aussi tard ? «*Namakemono !*»[1] lança Hiroki à voix basse pour lui-même, tout en enfilant ses chaussons.

Parvenu au garage en titubant encore de fatigue, il aperçut son père en passe d'être englouti par une masse considérable de cartons, dont l'empilement s'était effondré.

– Hiroki-kun, tu es levé ! constata M. Abe.

---

1. «Paresseux» en japonais.

— Tu fais un bruit terrible! protesta le jeune garçon. Que se passe-t-il?

M. Abe dégagea sa jambe du carton à demi-éventré qui la retenait, se redressa en se frottant les reins, et répondit:

— Il était temps de faire un peu de rangement, tu ne crois pas? Nous n'allons pas garder tous ces cartons éternellement.

Hiroki eut un air circonspect:

— Tu veux les jeter?

— Il faut en jeter certains, oui! Nous n'avons pas la place de tout garder. Il y a tellement de… souvenirs inutiles.

Le garçon sentit son cœur battre plus fort; le visage de sa mère lui apparut et il chassa cette image avant que les larmes ne montent.

— Je peux t'aider, si tu veux, papa.

M. Abe hésita:

— Mmm… pourquoi pas. Mais tu ne veux pas manger quelque chose d'abord?

Hiroki haussa les épaules.

— Il est tard, j'ai trop dormi. Je mangerai en même temps que toi.

— Comme tu voudras, mais… c'est les vacances, tu devrais profiter un peu !

— Bah… Profiter pour faire quoi ?

M. Abe joignit les mains dans son dos et prit un air songeur.

— Tu peux inviter la petite Emiko ! Ce sera toujours plus amusant que de plonger dans des cartons poussiéreux. Tu aimes bien Emiko, n'est-ce pas ?

— Oui, elle est très gentille, admit Hiroki. Mais parfois, j'ai l'impression que tu veux que je la voie juste pour pouvoir faire la causette à sa maman.

M. Abe rougit et lança un vieux chiffon à la tête de son fils.

— Tais-toi, petit insolent ! Et mets-toi plutôt au travail. Tout bien considéré, ça te fera les pieds de t'activer un peu.

Hiroki ne répondit rien et se fraya un chemin dans la jungle des emballages et des boites. Certains cartons portaient des inscriptions claires, d'autres demeuraient vierges de toute indication. M. Abe en déposa trois devant son fils, ainsi qu'un immense sac à gravats.

– Commence par trier ces trois cartons, Hiroki. Tout ce que tu veux jeter, tu le mets dans le sac. Mais attention ! Pas de sentimentalisme déplacé, surtout. On ne garde que ce qui est utile, d'accord ? Les vrais souvenirs, eh bien, ils sont déjà à l'abri.

Hiroki acquiesça d'un signe de tête et écarta les rabats du premier carton. Il y retrouva quelques illustrés qu'il ne lui aurait pas déplu de relire, mais songea que son père les considérait, probablement, comme du superflu. Un peu triste, il les plaça donc consciencieusement dans le sac à gravats et poursuivit son exploration. De très vieux jouets, des bibelots… Hiroki n'en garda pas grand-chose et bientôt, le premier carton fut pratiquement vide.

– Hum, constata M. Abe. Bon travail. Tu peux passer au deuxième. Au train où l'on va, il faudra vite un autre sac.

Hiroki se demanda s'il se sentirait plus léger une fois cette épreuve terminée ; pour le moment, en tous les cas, cela n'avait rien d'agréable. Il éprouvait même un sentiment de culpabilité croissant envers cet amas de papier et de plastique, comme s'il trahissait la confiance de tous ces objets.

— Ça va toujours, Hiroki-kun ?

— Oui, papa. J'avance bien, répliqua sans conviction le garçon.

Alors qu'il arrivait à la moitié du troisième carton, Hiroki distingua une forme à la fois familière et singulière à l'intérieur d'un emballage à bulles. Il souleva la chose, la soupesa, puis y colla le nez, sans oser déchirer le ruban adhésif marron qui maintenait le tout en place.

— Hééé ?

— Un souci, Hiroki ?

— Papa, qu'est-ce que c'est que ça ?

M. Abe s'approcha, et se pencha pour mieux voir l'objet que lui tendait son fils.

— Hum… C'est la GeoNec 3.

— La quoi ?

— La GeoNec 3.

La curiosité d'Hiroki s'emballa.

– GeoNec 3 ? On dirait un nom de console de jeux, papa.

– Mais c'en est une. Ou plutôt, c'en était une.

– Quoi ? Mais… mais… qu'est-ce qu'elle fait dans un carton ? s'enthousiasma le jeune garçon. Papaaaa, il faut l'ouvrir immédiatement ! Est-ce qu'elle marche encore ? De quand elle date ? Papa, je n'en reviens pas que tu ne m'aies rien dit ! Je…

– Calme-toi un peu ! gronda M. Abe. Tu peux regarder à quoi elle ressemble si tu veux, mais tu risques d'être déçu. En réalité, elle…

Mais Hiroki n'avait pas attendu la fin de la phrase. Déjà, il revenait avec une paire de ciseaux et enfonçait la lame dans les épaisseurs du papier-bulles.

– Fais attention, tu vas couper un câble ! protesta M. Abe.

– Je fais attention, tu vois bien ! Tiens, regarde.

L'emballage tomba au sol et bientôt, Hiroki tint dans la main un boitier de plastique compact formant une sorte de cube – la base un peu plus large que la partie supérieure – d'une belle couleur bleue. Sur le dessus, une trappe translucide permettait d'insérer un disque optique. Hiroki, soudain inquiet, jeta un coup d'œil au fond du carton ; il y devina, tout aussi soigneusement emballés, les accessoires nécessaires au fonctionnement de la console – dont les incontournables manettes – et des boitiers de jeux. Rassuré, il poursuivit son examen de l'objet, la bouche ouverte comme s'il gobait un œuf.

– Je n'ai jamais entendu parler de cette console ! finit-il par lancer. Elle était à toi, papa ?

– Oui, évidemment.

– Mais… tu jouais à des jeux *aussi* ?

– *Baka*[1] ! Évidemment que oui ! Tu crois que les jeux vidéo ont été inventés avant-hier ? Il y en avait déjà quand je suis né. Et même avant.

Hiroki plissa les yeux et tâcha de faire un rapide calcul mental. Son père avait trente-quatre ans ce qui signifiait donc qu'il y avait déjà des jeux vidéo en… Il s'arrêta, les neurones en surchauffe, et préféra demander :

---

1. «Imbécile». Selon le contexte, le terme peut être franchement insultant ou, comme ici, affectueux.

– Elle était bien ?

M. Abe hocha la tête.

– Très en avance sur son temps, oui ! Mais elle était produite par une toute petite société, qui a fait faillite il y a plusieurs années déjà.

– Faillite ?

– Eh bien… ils n'existent plus. La console ne s'est pas si bien vendue, mais surtout…

– Oui ?

– Leur jeu le plus ambitieux, qui leur avait coûté une vraie fortune en développement, n'est jamais vraiment sorti. Ils en ont été ruinés ! Une triste histoire, vraiment.

Hiroki ne tenait plus en place.

– Raconte, papa, raconte !

– Hum…

M. Abe regarda autour de lui : il restait fort à faire. Toutefois, la mine ravie d'Hiroki l'incita à poursuivre.

– Eh bien… Tu sais que concevoir un jeu vidéo coûte extrêmement cher, n'est-ce pas ? Il y a une foule de techniciens, programmeurs, scénaristes, graphistes, musiciens qui y travaillent. Le budget de certains jeux vaut celui d'un film de cinéma !

– Oh !

– Alors, bien sûr, après, il faut que le jeu se vende par centaines de milliers d'exemplaires – parfois par millions – pour rembourser toutes les dépenses. Et GeoNec avait imaginé le plus beau des jeux en ligne, situé dans un monde féérique unique, capable de mettre en relation des dizaines de milliers de joueurs simultanément. Tout annonçait un immense succès. Hélas, les choses sont allées autrement.

M. Abe prit un ton de confidence :

– Le jour où le jeu devait être mis en vente, une catastrophe est arrivée. La concurrence était parvenue à découvrir – qui sait comment ! – qu'un morceau du code de programmation leur avait été emprunté. Et ils ont bloqué la commercialisation du jeu.

Hiroki mit une main sur sa bouche.

– C'est horrible, papa !

M. Abe acquiesça.

– Au final, seuls certains chanceux ont pu récupérer un exemplaire. Et tu sais, Hiroki, il était vraiment extraordinaire, ce jeu ! Mais maintenant, bien sûr, il est plus ou moins inutilisable.

Hiroki trépignait sur place.

– Attends, papa, si je comprends bien, tu y as joué, toi ?

– Bien sûr que j'y ai joué ! Un de mes amis travaillait dans l'un des plus grands magasins d'Aki-habara[1] : il m'avait mis un exemplaire de côté. Il n'aurait jamais dû me le vendre, parce qu'il risquait sa place. Mais oui, j'ai été l'une des rares personnes à pouvoir y jouer quelques temps.

M. Abe s'agenouilla et sortit du carton une petite enveloppe brune qu'il décacheta, découvrant un mince boitier aux couleurs délicates. Le graphisme général n'évoquait rien à Hiroki ; il lui parut à la fois daté et fascinant, avec des motifs de tapisserie tortueux en arrière-plan. De cet arrière-plan se déta-chait un médaillon à l'intérieur duquel on voyait un

---

1. Akihabara est un quartier de Tokyo réputé pour le nombre et la taille de ses magasins d'électronique ; une sorte de gigantesque caverne d'Ali Baba pour les passionnés de technologies, nouvelles et anciennes.

chevalier européen en armure juché sur sa monture, au bord d'un lac bordé d'arbres. Le titre du jeu s'étalait en deux kanjis[1] en haut de la jaquette, formant le mot « Kogen », ce qui en japonais signifiait peu ou prou « les hautes prairies ». Voyant son air intrigué, M. Abe expliqua :

– C'est un jeu inspiré d'un roman anglais du XIXᵉ siècle, *La Source au bout du monde*, de William Morris. On dit que c'est le premier roman de fantasy jamais écrit !

Cet argument parla à Hiroki, qui affectionnait particulièrement ce genre. Son père poursuivit son explication.

– Le héros de William Morris s'appelle « Peter, roi des Hautes Prairies », d'où le nom du jeu. Tu vois cette illustration, au fond ? On dirait une tapisserie, n'est-ce pas ? Eh bien, ce M. Morris était aussi peintre, illustrateur… et concepteur de motifs

---

1. Les kanjis sont les signes empruntés au chinois que les Japonais utilisent soit pour leur sonorité, soit pour leur sens, soit pour les deux à la fois. Il en existe plus de 6 000.

de papier peint. Le jeu rend hommage à la fois à ses talents d'écrivain et de peintre. C'est comme si l'un de ses tableaux prenait vie. C'était unique, crois-moi !

Hiroki, bien sûr, imaginait très mal à quoi pouvait ressembler une tapisserie anglaise du XIXe siècle qui aurait pris vie. Du reste, plus son père donnait d'explications, plus l'envie de courir jusqu'à sa chambre avec la console le taraudait. M. Abe lut dans ses pensées :

– Tu peux toujours brancher la console et y mettre le jeu, Hiroki, mais tu n'iras pas loin. Le jeu ne se lançait qu'après établissement du contact avec le propre réseau du jeu. Il n'existe plus. Tu ne passeras même pas l'écran d'accueil.

– Papa, je… j'ai envie de voir quand même !

– Ah, je l'aurais parié ! Quelle perte de temps ! Tu sais, il y a quelques autres jeux, dans le carton, qui pourraient…

M. Abe se tut, pétrifié et le regard fixe. Il semblait avoir vu quelque chose derrière Hiroki, qui n'osait plus se retourner. Toutefois, quand ce dernier constata que les oreilles de son père étaient en train de rosir, il comprit. Dans l'encadrement de la porte du garage, restée entrouverte, se tenait Mme Nakajima, la mère d'Emiko. Elle tenait dans ses mains un plateau recouvert d'un torchon, un grand sourire aux lèvres.

— M. Abe ! J'espère que je ne vous ai pas fait peur. Pardonnez mon impolitesse, je n'ai pas sonné. Mais je vous ai entendu parler avec Hiroki et je me suis permise.

— Mme Nakajima, bredouilla M. Abe, l'air niais, tout en se grattant le haut du crâne. Quelle bonne surprise. Je… Enfin, que nous vaut le plaisir de votre visite ?

— Comme on est dimanche, j'avais du temps pour cuisiner. Je me suis dit que vous étiez occupé et que vous auriez apprécié de goûter ce que j'ai préparé ?

Elle souleva le torchon, dévoilant diverses petites assiettes dans lesquelles Hiroki reconnut des tsukemono et ce qui ressemblait à un copieux okonomiyaki[1].

----

1. Les tsukemono sont des légumes marinés, et l'okonomiyaki, une sorte d'énorme crêpe très généreusement garnie.

M. Abe se rapprocha maladroitement − écrasant presque Hiroki au passage, comme s'il n'avait plus conscience de sa présence − et tenta d'articuler une phrase cohérente.

− Mais, c'est trop de soucis pour vous, Mme Naka-jima ! J'ai honte de vous avoir donné tout ce travail !

− Ce n'est rien, voyons, fit-elle sans se départir de son gentil sourire. J'ai gardé l'habitude de toujours cuisiner un peu trop.

Elle marqua une pause puis ajouta :

− Comme il n'y a plus d'homme à la maison, vous savez.

Hiroki nota que cette dernière remarque avait littéralement mis le feu aux oreilles de son père. Celui-ci se saisit du plateau d'un air benêt, se courba, et se répandit en remerciements.

− Oh, Hiroki, ajouta Mme Nakajima, je crois qu'Emiko aimerait beaucoup te voir.

L'espace d'un instant, cette nouvelle contraria Hiroki ; la venue d'Emiko risquait de retarder le moment de brancher la console − et le garçon ne parvenait plus à penser à autre chose. Mais il se rappela tout à coup qu'Emiko partageait son intérêt pour les jeux vidéo, et qu'à tout prendre, il serait plus amusant d'être deux durant la résurrection de la console.

– Je serai très content de voir Emiko en début d'après-midi, finit par dire Hiroki.

– Parfait alors ! Je vais la prévenir. J'espère que vous apprécierez ma cuisine.

– Ça ne fait aucun doute, aucun doute ! s'empressa de rétorquer M. Abe.

Mme Nakajima s'inclina et prit congé.

Quand sa silhouette eut disparu au coin de la rue, Hiroki lança un regard accusateur à son père – qui n'avait pas changé de posture, le plateau de nourriture dans les bras et un nuage rêveur dans les yeux.

– Et après, c'est moi qu'on traite de «baka», marmonna Hiroki.

M. Abe s'arracha à son agréable torpeur.

– Quoi ? Qu'est-ce que tu racontes ?

– Tu aurais pu l'inviter à partager le repas ! Elle n'attendait que ça, non ?

– Mais qu'est-ce que tu en sais, petit malin ? Dix ans, et ça pense tout connaître ! Dépêche-toi de retourner dans le salon avant que l'okonomiyaki ne refroidisse !

Hiroki ramassa la console, le fameux jeu et ceux qui trainaient encore au fond du carton. Il trotta alors hors du garage, fier comme s'il venait de faire une découverte archéologique majeure. M. Abe lui emboita le pas, le cœur au moins aussi léger.

CHAPITRE DEUX
Kogen

Le visage d'Emiko, dessiné dans un bel ovale, présentait des traits encore poupins derrière lesquels on devinait déjà l'annonce d'un joli printemps. Mais pour l'heure, Hiroki ne se souciait guère de la petite fille en jupe plissée qui, droite comme un I et les mains jointes devant son ventre, le regardait s'affairer autour de son téléviseur.

– Tu as besoin d'aide ? demanda-t-elle timidement.

– Hein ? Oh, non, je me débrouille, ne t'inquiète pas !

Ce n'était pas entièrement vrai. Aussi Emiko se permit-elle d'insister :

— Ce téléviseur est trop ancien pour le connecteur que tu essaies d'utiliser, Hiroki.

Le petit écran de télévision cathodique, gros comme un bocal à poissons, n'était effectivement pas de première jeunesse. Il avait appartenu au propre père du garçon à l'époque où il était étudiant. Mais il fonctionnait encore parfaitement pour un usage rudimentaire, et Hiroki était fier de l'avoir récupéré dans sa chambre pour lui donner une seconde vie. Il dévisagea Emiko et de guerre lasse, demanda :

— Tu… saurais comment faire ?

— Bien sûr ! Je crois avoir vu ce qu'il faut, là-bas.

Elle montra du doigt un récipient en plastique rempli de câbles, connecteurs, et adaptateurs divers.

— Je peux ?

— Hein ? Oh, oui, oui, vas-y.

Emiko farfouilla un moment, puis sortit de la boite un petit élément en plastique qu'elle s'empressa de brancher au bout du câble qui donnait du fil à retordre à Hiroki. Après quoi, elle annonça :

— Je pense que tu peux y aller, maintenant. Cela ne sera pas la qualité d'image optimale, mais sur un téléviseur comme celui-ci, on ne devrait pas être trop gêné.

Hiroki, qui s'était jusqu'à présent drapé dans une dignité mal placée, laissa éclater son admiration :

– Eh bien, Emiko, tu t'y connais, dis donc. Comment ça se fait ?

– Ma mère n'est pas très douée avec tout ça. Et depuis que papa est parti, il fallait que quelqu'un prenne toutes ces questions en charge ! Elle ne sait même pas relier un ordinateur à Internet. Au fait, je n'ai pas bien compris : qu'est-ce que c'est que cette console ? Elle ne ressemble pas à celles que je connais.

– Hum, c'est une longue histoire, répliqua Hiroki en fronçant les sourcils, l'air pénétré.

Et il répéta ce que son père lui avait expliqué deux heures plus tôt, comme s'il s'agissait d'une vieille légende familiale. Emiko écouta jusqu'au bout avec intérêt ; la console, désormais, lui apparaissait à elle aussi comme une sorte de relique sacrée.

– Il ne reste plus qu'à l'allumer, alors, fit-elle. À toi l'honneur, Hiroki !

Une pesanteur solennelle s'installa dans la chambre du jeune garçon. La nuque droite, la mine aussi sévère que s'il accomplissait un office religieux, il appuya sur le bouton de mise sous tension, et attendit que quelque chose se produisît à l'écran. Presque instantanément, un logo coloré apparut sur l'écran cathodique, accompagné de quelques notes de musique pleines de bonne humeur. Puis, un menu le remplaça. Il était temps de lancer un jeu.

Hiroki considéra un instant la pile de titres remontés du garage, et choisit ce qui ressemblait à un jeu de combat. Il tendit une manette à Emiko, et une première partie débuta.

Deux heures durant, Hiroki et Emiko essayèrent l'un après l'autre ces jeux obscurs; malgré l'ancienneté de la console, ils conservaient un authentique attrait. Mais il en existait des variantes modernes plus réussies encore, et Hiroki songea qu'au fond, il s'en lasserait rapidement. Toutefois, il restait encore un titre, le plat de résistance que le garçon s'était réservé pour la fin. Le fameux jeu *Kogen*, qui avait précipité la chute du constructeur de la GeoNec 3. Quand il se saisit du boitier, Emiko demanda :

– Mais Hiroki… tu ne m'as pas expliqué que le jeu ne se lancerait probablement pas ?

– Hum, si, avoua Hiroki. Mais… je voudrais quand même voir.

– Je comprends. Je suis curieuse aussi.

Hiroki souleva le couvercle translucide de la console, et inséra la galette argentée avec mille précautions.

Quelques secondes plus tard, de magnifiques motifs entrelacés vinrent se tisser à l'écran, tandis qu'une musique d'inspiration médiévale s'échappait des haut-parleurs du téléviseur. Les deux kanjis du mot « Kogen » s'affichèrent l'un après l'autre en surimpression, avec une lenteur délicate. Puis, Hiroki et Emiko purent lire : « Appuyez sur un bouton pour lancer une nouvelle partie ». Hiroki jeta un coup d'œil à sa comparse puis, le cœur battant, obtempéra. L'écran suivant l'invita à saisir un pseudonyme de huit caractères, ce qu'il fit avec empressement (« Krilin09 »). Il restait à valider.

Quand ce fut fait, une angoisse impalpable s'empara de lui. Se pouvait-il qu'un miracle s'accomplisse? Que ce jeu, décrit par son père comme unique en son genre, puisse se lancer malgré tout? Et si…

Hélas, il n'en fut rien. Les mots «impossible de se connecter au réseau», qui venaient de s'afficher en travers de l'écran, frappèrent Hiroki comme un coup de poing à l'estomac. Il pouvait presque entendre une voix autoritaire les prononcer dans sa tête. Il se renfrogna et posa la manette sur le rebord de son lit.

– Tu as l'air très déçu, Hiroki.

– Ben oui. Pas toi?

– Si, bien sûr. Mais ce n'est qu'un jeu, n'est-ce pas?

– Oui. C'est qu'il avait l'air si beau…

– C'est vrai, confirma Emiko en regardant les images au dos du boitier. Vraiment magnifique.

Elle sursauta en voyant l'heure:

– Ah, Hiroki, je dois rentrer. Il faut que j'aide mama. Elle a beaucoup de travail, toute seule.

Le jeune garçon tourna sept fois sa question dans sa bouche avant d'oser la poser, et n'y tint bientôt plus :

— Tu as déjà dit que ton papa était parti. Mais quand tu dis «parti»…

Emiko baissa la tête, et chercha une formulation qui ne risquait pas de blesser Hiroki.

— Il est juste «parti». Il me téléphone de temps en temps.

— Oh, d'accord. Excuse-moi de t'avoir demandé.

— Ce n'est rien.

Emiko posa à son tour la manette qu'elle avait gardée à la main.

— Ce n'est pas trop dur pour toi et ton père, Hiroki ? Je n'ai pas l'impression que ton père soit un grand cuisinier, par exemple.

Hiroki ne savait s'il devait protester ou dire la vérité ; il choisit la seconde option.

— Pour ça, tu as raison. On achète beaucoup de plats préparés. Mais il est doué pour les autres tâches ménagères. Bien sûr, il travaille énormément, alors ce n'est pas simple.

– Où ça ?

– Dans un bureau, à Tokyo. Ça lui fait énormément de trajet, tous les jours. Pour être franc, je n'ai pas bien compris ce qu'il fait.

– Hi hi ! Les occupations des grandes personnes sont bien mystérieuses.

– C'est pareil pour toi ?

Elle secoua la tête.

– Mama est commis dans un restaurant français. Elle aide le chef. Ça, au moins, c'est simple.

– Tout s'explique ! Les plats de ta mère sont vraiment délicieux. Toi, tu sais faire la cuisine comme elle ?

– Juste les choses simples. Bon, je dois vraiment y aller, maintenant. Merci beaucoup de m'avoir montré tout ça, Hiroki.

– Pas de quoi ! Je vais te raccompagner.

Quand la petite fille eut quitté la maison, Hiroki s'en alla rejoindre son père qui était sur le point de venir à bout de son rangement.

– Tu t'es bien amusé ? fit M. Abe distraitement.

– Oui. Mais tu avais raison pour *Kogen*. Ça ne démarre pas.

– Je te l'avais dit, tu n'as pas voulu m'écouter! Il y a quand même quelques bons jeux, non? Même si tu dois les trouver un peu dépassés.

– Oui. Je suis heureux d'avoir essayé, malgré tout.

Hiroki tourna les talons, et son père, paraissant se souvenir subitement de quelque chose, l'interpella:

– Attends un peu! Il faut que je te demande…

– Quoi?

«Embarrassée» aurait été un bien piètre terme pour décrire l'attitude de M. Abe en cet instant.

– Est-ce qu'Emiko t'a parlé… Enfin, elle a peut-être fait allusion à…

– Oui?

– Est-ce qu'elle t'a dit si sa mère…

– Quoi donc?

M. Abe se tut puis, avec humeur, remonta sur son escabeau.

– Ah, la barbe! Rien! Rien du tout! Bon, aide-moi encore un peu et ensuite, je ferai le repas.

— Tu *feras* le repas ?

— Petit malin ! Oui, eh bien je le commanderai, voilà. Réfléchis à ce que tu veux manger, au lieu d'insinuer des bêtises.

La soirée se déroula comme toutes les autres depuis le début de l'été. La moiteur de la saison rendait l'air parfois irrespirable en journée ; toutefois, le soir – comme celui-ci – le vent marin venait apporter un maigre répit aux habitants d'Hitachi. M. Abe avait promis l'achat d'un climatiseur mais pour le moment, il fallait faire avec cette étuve presque permanente.

Le père et le fils mangèrent de bon cœur une pizza provenant d'une grande enseigne américaine, garnie d'un yakiniku[1] typiquement nippon. Après quoi, ils regardèrent ensemble deux épisodes de leur *drama* favori. Hiroki avait les yeux qui se fermaient à mi-course, et fut soulagé de voir poindre le générique

---

1. Bœuf cuit façon barbecue avec une sauce spéciale. Si les Japonais ont les mêmes chaînes de restauration à domicile que le reste du monde, les cartes présentent des particularités locales.

de fin. Il se traîna dans sa chambre avec mollesse, et s'affala sur son lit.

Pourtant, une fois allongé, le sommeil ne l'emporta pas. Gêné par la lumière rouge de la console en veille, il se rappela ses espoirs et sa frustration du jour. Et après avoir lutté un moment contre cette pensée, a priori stupide, il se releva et appuya sur le bouton de mise sous tension. *Kogen*, qui était demeuré à l'intérieur du lecteur, se mit en route. Une fois le titre affiché, Hiroki choisit l'option «continuer une partie». Sa propre sauvegarde automatique de l'après-midi figurait en tête d'une liste qui, à sa grande stupeur, comportait une dizaine d'autres entrées. Et sous chacune d'entre elles, on pouvait lire une date antérieure de dix ans.

Il s'agissait des parties de son père, bien sûr, enregistrées dans la mémoire interne de la machine. Et si dans l'absolu, il n'existait aucune raison pour qu'elles se soient effacées durant cette longue phase d'inactivité, il y avait là quelque chose de proprement irréel, comme si le temps avait accepté de se suspendre, patiemment, au moment où son père avait joué à *Kogen* pour la dernière fois. Lancer l'une de ces anciennes parties, pensa Hiroki, c'était remonter jusqu'à sa propre naissance, et en un sens, rencontrer une version plus jeune de son père.

Troublé et ému, Hiroki en avait presque oublié que le jeu, faute de serveurs en état de marche, ne se lancerait pas. Quand il se le rappela, il fut submergé par une immense tristesse. Aussi, tout en reniflant, il tendit la main pour éteindre la console. Au dernier moment, pourtant, il retint son geste. Ces vieilles sauvegardes, tout comme la sienne, étaient certes condamnées à n'être plus rien d'autre qu'une ligne sur un écran ; mais quel mal y avait-il à essayer malgré tout ?

Hiroki observa longuement la ligne qui mentionnait la dernière sauvegarde de son père. Alors, tout en retenant sa respiration, il fit glisser le curseur de sélection là où il avait posé le doigt et valida la dernière session enregistrée.

L'écran de chargement fit son retour, et Hiroki attendit comme un coup de sabre derrière la nuque la terrible mention : «impossible de se connecter au réseau».

Pourtant, ce message ne s'afficha jamais.

Ni après dix secondes, ni après une minute ou même cinq : le jeu cherchait désespérément à atteindre le réseau qui formait, en quelque sorte, son âme ; il refusait d'abandonner. Au bout de dix minutes, rien n'avait bougé, et Hiroki songea que la console était peut-être bloquée. Probable, après tout ce temps au fond d'un carton. La redémarrer ? Mû par un curieux pressentiment, il n'en fit rien et continua à attendre. À attendre encore. Après une bonne heure, ses yeux braqués sur l'écran le piquaient, et des larmes d'irritation s'étaient formées au coin de ses paupières. Petit à petit, le sommeil le gagnait. Il s'allongea sur son lit et sombra.

Quelle heure était-il quand une délicieuse mélodie jouée au luth l'arracha à son repos ? Trois heures du matin ? Quatre ? La nuit, duveteuse et humide, n'avait pas blanchi. Hiroki ouvrit les yeux comme sous le coup d'un électrochoc, et se redressa d'un bond. Son cœur se mit à battre plus fort, et il lui fallut une bonne minute pour admettre qu'il ne rêvait pas.

À l'écran, il pouvait admirer un personnage en cotte de mailles, aux cheveux longs, immobile et de toute évidence en attente d'une action de sa part. Le décor, bucolique et charmant avec ses silhouettes de collines en arrière-plan, ses arbres chargés de fruits colorés, paraissait peint de la main d'un artiste préra-phaélite plutôt qu'engendré par les entrailles d'un ordinateur. Hiroki n'y croyait toujours pas : *Kogen* avait fini par se lancer. Mais comment ? C'était, en théorie, parfaitement impossible.

Le garçon jeta un coup d'œil sur l'icône en haut de l'écran, qui symbolisait une connexion au réseau. Il n'y avait plus aucun doute : pour une raison ou une autre, le réseau avait ressuscité. Hiroki en étouffait presque d'excitation. Il sortit en trombe de sa chambre et entra sans frapper dans celle de son père ; une fois sur son lit, il grimpa jusqu'à ses épaules et le secoua doucement.

– Azami, il est tôt… grogna M. Abe.

En entendant le prénom de sa mère, Hiroki eut un mouvement de recul. Il hésita à secouer son père une fois encore, puis songea qu'il était en meilleure compagnie avec ses souvenirs. Il se retira sur la pointe des pieds, et retourna à sa chambre. Il récupéra sa manette, et commença à naviguer dans l'interface du jeu – sensiblement plus sommaire que celle des derniers titres à la mode. Il comprit que l'apparence de son personnage pouvait être personnalisée avec énormément de finesse lors d'une première partie, et que toute modification était impossible par la suite. Son père, bien avant lui, s'en était déjà chargé. Un cartouche portait l'inscription «Rodolphe» : Hiroki en déduisit que c'était ainsi que son père avait baptisé son avatar. Hiroki fit donc monter Rodolphe sur le cheval qui l'attendait à gauche de l'écran, et commença son exploration de l'univers du jeu.

Au bout de quelques minutes seulement, Hiroki était déjà conquis par tout ce qui faisait la singularité de *Kogen*. C'était exactement ce que son père lui avait expliqué : un monde graphique pareil à une tapisserie européenne qui serait venue à la vie par magie. La délicatesse des couleurs, les effets de lumière, les jeux d'ombre : tout concourait à faire de *Kogen* une expérience unique.

Pourtant, aussi enivrante que pouvait être cette chevauchée dans un tableau animé, Hiroki ne tarda pas à remarquer que les rencontres étaient inexistantes. Certes, il croisa la route de personnages – certains amicaux, d'autres moins – qui apportaient un peu de variété à l'aventure. Un druide, une paysanne, un jeune chemineau, un brigand pas très doué… Mais tous, sans exception, n'étaient que des créations numériques, avec pour seule intelligence que celle de l'algorithme imaginé par des programmeurs. L'intérêt de *Kogen* était de mettre en relation des joueurs les uns avec les autres. Et bien sûr, il n'y avait aucune chance pour qu'une autre personne fût en train de jouer à *Kogen* des années après la coupure du réseau, surtout avec si peu d'exemplaires en circulation. Hiroki le savait : il était en train de vivre une anomalie, seul dans la petite chambre de sa petite maison, dans sa petite rue refermée sur sa petite vie.

Il continua toutefois à jouer, fasciné par la variété des décors et la prouesse artistique des concepteurs. Mais maintenant que l'excitation était un peu retombée, la fatigue le gagna de nouveau. Il bâilla une fois, deux fois, et à la troisième, sa mauvaise conscience le tirailla tellement qu'il commença à envisager d'aller se coucher une bonne fois pour toutes. Il aurait tant à raconter au réveil !

C'est alors que quelque chose traversa le décor avant de disparaître dans un fourré, à une dizaine de mètres de Rodolphe. Prudemment, le garçon fit avancer son personnage jusqu'à l'endroit où s'était évanouie cette présence inattendue. Rodolphe dégaina son épée, et la lame irradia sous la lumière tamisée du sous-bois. Un pas, un deuxième… Et tout à coup, un effet de caméra révéla à Hiroki une silhouette accroupie derrière la souche d'un arbre mort. Elle appartenait à une jeune fille aux cheveux fauves, d'apparence très jeune, le teint d'une grande pâleur, qui se releva d'un bond. On pouvait apercevoir le décor à travers elle, comme si son corps et ses vêtements étaient légèrement transparents.

«Bon, enfin, un vrai combat», songea Hiroki.

Alors qu'il s'apprêtait à engager l'assaut, il vit son adversaire se figer, et deux secondes plus tard, une bulle de dialogue apparut à l'écran. Celle-ci disait simplement :

– *Hiroki ?*

Le garçon, pendant un moment, fut déconcerté. Et puis, il songea qu'il n'y avait rien d'anormal à ce qu'un programme l'appelât par son nom. Il chercha dans les menus comment répondre quelque chose. Alors, à nouveau, il sentit son cœur faire un bond. Quelque chose n'allait pas. Non seulement il jouait à partir d'une ancienne partie de son *père*, mais en plus, ce dernier avait entré «Rodolphe» pour nom de personnage. En clair, *rien* ne pouvait permettre au programme de connaître le nom d'Hiroki. Sans pouvoir se l'expliquer – peut-être cela tenait-il à la manière dont le personnage féminin se déplaçait en face de lui – Hiroki eut la certitude qu'il venait de faire sa première rencontre «humaine» du jeu. Il n'était donc pas seul à jouer à *Kogen* en ce moment, ce qui était rigoureusement impossible.

Hélas, quand, enfin, Hiroki comprit comment il lui était possible de poser une question à son tour, l'écran se figea un instant, avant d'afficher le message «impossible de se connecter au réseau» tant redouté.

Hiroki se retrouva assis sur ses fesses, à même le sol, la mine figée dans une expression ahurie. Que venait-il de se passer exactement? Il vérifia pour la dixième fois de la soirée qu'il ne rêvait pas. Puis, il gémit et s'effondra dans son lit.

Et le sommeil qui suivit ne fut évidemment pas des plus reposants…

CHAPITRE TROIS

Le réseau fantôme

Le lendemain, au petit-déjeuner, Hiroki ne sut comment aborder avec son père les événements de la nuit passée. Aussi, il attendit que celui-ci eût fini sa délicate extraction de café – à l'aide d'une cafetière en verre conique et d'une bouilloire au cou long et mince – pour demander :

– Papa, tu sais, *Kogen*…

Son père goûta une gorgée de café et n'eut l'air que moyennement satisfait.

– Hum, il faut que je réduise un peu le temps de la première infusion, ce n'est pas parfait encore. Quoi, qu'est-ce que tu racontes ?

– Le jeu dont tu m'as parlé, papa.

– Oui, je sais bien. Quoi donc ?

– Est-ce que c'est normal si j'ai pu commencer une partie ?

M. Abe fronça les sourcils.

– Hein ?

– Cette nuit, je n'arrivais pas à dormir. Alors j'ai lancé une partie. Elle a vraiment démarré, papa.

M. Abe regarda son fils d'un air soupçonneux.

– Hiroki… Tu es allé boire de l'eau du réfrigérateur, cette nuit ?

– Je… ne sais plus ce que j'ai fait, pourquoi ?

– Tu n'aurais pas pris la bouteille en verre qui se trouve à *gauche* dans la porte ?

Inquiet, M. Abe courut jusqu'au frigo, pendant qu'Hiroki protestait :

– Papa, tu crois vraiment que j'aurais pu boire du saké sans m'en apercevoir ?

– Je n'en sais rien, tu tiens des propos délirants ! Et les bouteilles se ressemblent !

– Ce n'est pas moi qui ai choisi d'utiliser une ancienne bouteille de saké pour mettre de l'eau plate !

– Ah, tu admets que tu en as bu, alors ?

— Enfin… Non, papa !

M. Abe fut moins convaincu par les justifications de son fils que par l'examen des bouteilles. Il revint à table, sans se départir de son air suspicieux.

— Hum… En tous les cas, j'ai du mal à croire ce que tu me racontes. Le jeu n'a pas pu se lancer, c'est impossible.

— Je te jure que si. Pendant une heure. Peut-être deux, je ne sais pas.

— En pleine nuit ? Heureusement que tu n'as pas école en ce moment.

— Papa…

— Oui, bon, j'aurais fait pareil que toi à ton âge. Tout cela est bien mystérieux. Je ne vois qu'une explication : le jeu doit pouvoir se lancer en mode « local », sans le réseau, au bout d'un moment. Je n'ai probablement jamais attendu assez longtemps.

Hiroki soupira.

— C'est ce que j'ai pensé aussi, mais j'ai fait une rencontre. Une *vraie* rencontre. J'en suis sûr. Avec une autre joueuse. En tous les cas, son personnage était une femme. Une fille, plutôt. Elle m'a ap…

Sur la table, le téléphone portable de M. Abe se mit à vibrer. Il grommela :

— C'est le bureau ! Tu m'as mis en retard avec tes histoires !

— Quoi ? Si tu ne mettais pas une heure à te faire un café, aussi ! On dirait que tu te prends pour un chimiste ! Le père de mon copain Tatsuya, il a une machine avec des cap…

— Je ne veux même pas l'entendre ! Allo ? Allo ? M. Sato ? Oui, je suis en route, évidemment…

M. Abe sortit de la cuisine en trombe. Hiroki entendit la porte d'entrée claquer, et resta face à son omelette roulée. Il s'apprêtait à en avaler une bouchée quand il vit la tête de son père surgir derrière la fenêtre de la cuisine.

— Jamais une machine à capsules n'entrera dans cette maison, tu m'entends ? *Jamais* ! cria-t-il.

La tête disparut pour de bon. Cette fois, Hiroki était bel et bien seul.

Que faire ? Il mourait d'envie de rallumer la console, bien sûr, mais la peur d'être déçu était pour le moment la plus forte. Peut-être la présence d'Emiko pouvait-elle lui donner un peu de courage? Il se prépara aussi vite qu'il put et trotta en direction de la maison des Nakajima. En route, il tomba justement sur Emiko avec son cartable sur le dos.

– Emiko, où vas-tu comme ça?

– Bonjour Hiroki. Je vais à l'école. Au soutien scolaire.

– Hééé? L'année vient juste de commencer[1], tu devrais profiter un peu des vacances! Comment peux-tu t'infliger ça?

Hiroki semblait totalement abattu à l'annonce de cette nouvelle. Son amie haussa les épaules.

– Eh bien, je n'ai pas de difficulté particulière, seulement, je ne veux pas décevoir mama.

Hiroki hésita, avant de lancer:

---

1. Au Japon, l'année scolaire commence en avril. Les vacances d'été (au mois d'août) sont les premières vraies vacances de l'année (il y a cependant des jours fériés en mai), et ne marquent donc pas un changement de classe pour les écoliers. Toutefois, il est fréquent qu'ils continuent à fréquenter les établissements scolaires pour se maintenir au niveau ou profiter d'autres activités.

— Emiko, il s'est passé quelque chose d'incroyable, avec la console. Quelque chose de…

Il s'arrêta, se rapprocha d'elle et poursuivit à voix basse :

— Quelque chose de *surnaturel*.

Elle mit la main devant sa bouche pour masquer un léger fou rire.

— Surnaturel, Hiroki ? Quelle blague !

— Quoi, tu ne me crois pas ?

— Disons que j'attends d'en savoir davantage !

— Eh bien, je crois que le mieux serait que tu viennes voir tout de suite.

— Maintenant ? Hiroki, tu vois bien que je suis en route pour…

— Au diable le soutien ! Tu iras demain, non ? Ce n'est pas à cause de ça que tu vas rater ton année !

La petite fille eut un air profondément ennuyé. Elle fit tourner la pointe de son pied droit au sol pendant quelques instants, puis finit par déclarer :

— D'accord. Mais je ne resterai pas longtemps : après, il faudra que j'aille à l'école, ou ma mère le saura.

– Et alors?

– Et alors? Ça lui ferait beaucoup de peine. Allons-y, avant que je change d'avis!

*

Quelques minutes plus tard, Emiko et Hiroki se trouvaient à nouveau devant la GeoNec 3. Aussi, c'est avec beaucoup de déférence qu'il décida de la rallumer.

– Bon. Je ne promets rien, hein.

– Oui, oui. Mais je suis drôlement curieuse.

La console émit un vrombissement satisfaisant, auquel succéda le léger sifflement du disque en rotation dans le lecteur. Puis, les désormais habituelles présentations défilèrent, et *Kogen* se lança automatiquement.

– Je vais reprendre la vieille partie de mon père, comme hier, déclara Hiroki. Tu vas voir. Enfin, *j'espère* que tu vas voir.

Quelques secondes interminables s'écoulèrent. Maintenant qu'il faisait grand jour, Hiroki craignait que l'extraordinaire n'opère plus, que la magie se soit étiolée durant la nuit.

— Hiroki, que ce jeu se lance ou pas…

— Oui ?

— Quelle différence ça fait ? Tu en as plein d'autres, non ? Je les ai vus dans ton salon.

— Oui, c'est sûr, mais… Ce jeu est vraiment spécial. Il y a quelque chose d'anormal.

— Anormal, hein ?

— Je ne peux pas t'expliquer ! Je le sens.

— Eh bien en ce cas tu devr…

Elle ne finit pas sa phrase, car des notes de viole de gambe et de luth vinrent la faucher dans son élan. À l'écran, le jeu s'était lancé.

— Ah ! Ah ! Tu vois, tu vois ! Je te l'avais dit, Emiko ! Je n'ai pas rêvé !

La petite fille se rapprocha de l'écran, y colla son nez, puis dit :

— C'est trop bizarre. Si la société a fermé, comment les serveurs peuvent-ils encore être ouverts ?

— Mais justement ! fit Hiroki en bondissant sur place. Ils ne peuvent pas ! Ils sont fermés ! Il n'y a plus de réseau ! C'est ça le mystère ! Enfin, pas seulement…

— Hum… Joue un peu, pour voir ?

Hiroki ne se fit pas prier, et se saisit de la manette. Assis en tailleur, il manœuvra Rodolphe au sein d'une forêt toujours plus épaisse, à la géométrie folle. La lumière, dans le jeu, lui paraissait encore différente de la veille. Toujours aussi douce, peut-être un peu plus chaude, cependant. Les rochers aux formes presque animales qu'il croisait, le son d'un cours d'eau qu'il ne parvenait pas à localiser : tout cela invitait à la rêverie autant qu'à l'exploration.

— C'est magnifique, commenta Emiko. Incroyable qu'ils aient pu faire quelque chose d'aussi beau avec une technologie déjà un peu vieille.

— Papa m'a dit qu'ils étaient très en avance sur leur époque. La console est sortie il y a douze ans, ce n'est pas non plus la préhistoire.

— C'est vrai. Mais par rapport à notre âge, ça fait beaucoup.

Ce constat troubla Hiroki, et la console ne lui en inspira que plus de respect.

– Tu veux la manette ? demanda poliment Hiroki.

– Oh, non, continue, j'aime bien te regarder jouer.

Le garçon ne se fit pas prier, et continua son errance entre les branches entrelacées et les teintes aux feuilles d'automne.

Alors que le paysage se faisait plus clairsemé, augurant d'un espace plus nu – une lande peut-être ? – Hiroki perçut une présence derrière un petit groupe de jeunes arbres aux troncs encore fragiles.

– Il y a quelque chose là-bas ! s'exclama-t-il.

– Sûrement un personnage qui appartient au jeu. Cela ne peut pas être un autre joueur, Hiroki, pas vrai ?

– Justement, c'est ce que je voulais te montrer, attends…

Hiroki se dirigea vers le massif, arme à la main.

La même apparition que la veille s'arracha aux ombres ; Emiko, à son tour, fit la connaissance de cette silhouette fantomatique aux longs cheveux et au teint blafard, à demi-transparente. Les deux personnages, à l'écran, s'observèrent pendant un long moment sans qu'aucun échange d'action ou de messages n'ait lieu. Et puis, tout à coup, une bulle s'afficha près du visage de l'apparition.

– *Hiroki ?*

L'intéressé en lâcha pratiquement sa manette. Il se tourna vers Emiko en bafouillant d'émotion :

– T... Tu vois ? Elle connaît mon nom ! C'est impossible !

Emiko en avait la mâchoire presque décrochée.

– Tu es sûr que tu n'as pas rentré ton nom quelque part ? demanda-t-elle.

– Oui, certain !

– Bon, alors maintenant, il faut que tu lui répondes !

– Euh, oui, mais je ne sais pas comment on fait.

– Aaaaah, tu aurais dû te renseigner, *baka* !

– Attends, ça ne doit pas être si sorcier !

Comme enfiévré, Hiroki se mit à presser chaque bouton de la manette, avant de découvrir l'option qui permettait d'entrer du texte à l'aide d'un système symbolique très ingénieux.

— *Bonjour,* répondit finalement le personnage d'Hiroki à l'écran.

— « Bonjour »… répéta Emiko. Quelle originalité, Hiroki !

— Oh, j'aimerais t'y voir, toi !

Le garçon attendit la suite. À présent que le contact entre les deux avatars était noué, un nom s'afficha en entête de la bulle de dialogue. Le personnage s'appelait donc Abondance. Du moins, c'est ainsi que la joueuse ou le joueur, à l'autre bout du réseau, l'avait nommé. Abondance, donc, déclara :

— *Je pensais que tu ne reviendrais jamais.*

À nouveau, Hiroki chercha de l'aide auprès du regard d'Emiko.

— Je lui réponds quoi ?

— Quoi ? Mais je n'en sais rien.

— Hum, bon… Euh…

— *Je reviens toujours,* répondit enfin Hiroki.

Un long silence encore. Il fut suivi par le fatal message : « impossible de se connecter au réseau ».

Hiroki en fut comme électrisé.

— Oh non ! Pas encore ! Pas encore !

– D'où est-ce que tu crois que ça vient ?

– Eh bien, je ne sais pas. Je suppose que… Oh ! Attends ! C'est revenu !

En effet, cette fois, l'interruption avait été de courte durée. À nouveau, l'écran accueillait cette scène de rencontre, dans un monde qui n'existait pas, entre deux êtres qui n'existaient pas. Hiroki, lui, existait bel et bien ; mais y avait-il vraiment un ou une autre joueuse derrière Abondance ?

– *Je t'ai cherché si longtemps*, déclara la jeune fille.

Emiko et Hiroki échangèrent un regard perplexe.

– Là, je suis perdu, avoua Hiroki.

– Demande-lui son nom, déjà.

– On le voit, son nom ! Abondance !

Emiko leva les yeux au ciel.

– Je ne te parle pas du nom du personnage, mais du nom de la joueuse. Puisqu'apparemment, le tien, elle le connaît.

– Qu'est-ce qui te fait dire que c'est une joueuse et pas un joueur ?

– Oh, Hiroki, arrête un peu. Tu aurais pris un personnage féminin, toi ?

– Non, bien sûr…

– Tu vois. Allez, vas-y, demande !

– J'ai peur de la vexer ! Si elle connaît mon vrai nom, je suis supposé connaître le sien.

– C'est vrai. Alors, invente une excuse ? Je crois que tu es doué pour ça.

Hiroki fronça les sourcils.

– Qu'est-ce qui te fait dire ça ?

– Oh, je ne sais pas. Comment va ta cheville ?

– Quoi ? Ma cheville ? Je n'ai pas de problème à la cheville !

– C'est bien ce que je pensais, mais ce n'est pas ce que tu as dit au professeur de gymnastique au dernier cours avant les vacances.

Hiroki devint instantanément rouge, mit les mains derrière son dos en souriant d'un air benêt, puis se tourna vers l'écran, manette à la main, et se mit à composer un message à toute vitesse.

– *Je souffre d'amnésie suite à une chute.*

Emiko pouffa de rire.

– Ben quoi ?

– Rien. Continue, je m'amuse énormément !

— Il faut que tu me rappelles ton prénom.

L'attente fut très brève :

— Midori. Je suis désolée pour ta chute.

— Ça va mieux.

Emiko n'en pouvait plus de contenir son hilarité.

— Décidément, tu te débrouilles très bien ! jeta-t-elle gaiement.

— Vas-tu arrêter de te moquer ? Je fais ce que je peux !

Quelques secondes plus tard, un nouveau message s'afficha dans une bulle :

— Il faut que tu m'aides, Hiroki.

Cette dernière phrase laissa le garçon perplexe. Il appuya sur les boutons aussi vite qu'il put, et forma la phrase :

— T'aider à quoi ?

Cette fois, l'attente fut plus longue ; tellement, même, qu'Hiroki trembla de voir apparaître à nouveau le message qui indiquait un problème de connexion.

Finalement, une nouvelle bulle :

— À sortir du jeu.

Hiroki remarqua qu'Emiko s'était rapprochée de lui, pour mieux voir l'écran. Elle semblait tout aussi perdue.

— À sortir du jeu ? Que veut-elle dire ?

— Aucune idée, reconnut Hiroki. Aucune idée.

— Tu es bien certain que ce n'est pas… le programme du jeu, qui nous parle ? Après tout, ce serait possible.

— Je ne sais pas. Je n'ai pas l'impression.

— Moi non plus, en réalité. On dirait vraiment qu'il y a quelqu'un à l'autre bout. Mais je ne comprends pas pour autant ce qu'elle raconte.

Hiroki, d'abord songeur, composa une réponse :

— *De quand date notre rencontre ?*

— Voilà une bonne question ! souligna Emiko.

— Tu vois que je ne suis pas si bête ! Ah, elle a déjà répondu…

— *Le temps n'a plus cours.*

Cette nouvelle réponse avait achevé les deux enfants.

— Elle raconte des choses de plus en plus bizarres, tu ne trouves pas, Emiko ?

– Si. À mon avis, tu devrais vérifier si tout ça n'est pas un hasard.

– Oui, fit Hiroki, tout interdit. Attends, voyons voir :

– *Tu ne me confonds pas avec un autre joueur ?*

– Hum, commenta Emiko.

– Bah, on va bien voir ce qu'elle propose. Elle est un peu plus longue à répondre, là.

La réponse finit toutefois par arriver :

– *Tu portes la Triforce autour du cou.*

– De quoi parle-t-elle ? s'étonna Emiko.

– La Triforce, c'est dans un autre jeu. Tu sais, ça ressemble à ça.

Hiroki attrapa un crayon et dessina un triangle équilatéral qui en contenait quatre autres ; il les hachura, à l'exception de celui au centre.

Emiko se mit à scruter le cou du garçon, mais celui-ci coupa court :

– Non, inutile de regarder, je ne porte rien autour du cou ! Elle doit donc me confondre avec un autre Hiroki.

Il eut une moue songeuse.

– Tu as l'air déçu?

– Oui, ça rend les choses moins incroyables.

Plus bas, dans le salon, le téléphone de la maison se mit à sonner. Hiroki grogna et tendit la manette à Emiko.

– Zut, je vais répondre. J'espère que ça ne sera pas long.

Emiko demeura seule dans la chambre, le regard braqué sur le petit écran où les deux personnages s'observaient désormais en silence. Quand Hiroki revint, une minute plus tard, il était livide.

– Hiroki? Oh, c'était un appel important? Grave?

– Mon père… qui voulait vérifier que j'étais là…

– Eh bien? C'est normal, non?

– Emiko… Il voulait savoir si j'étais là pour que j'accueille…

– Oui?

– Les techniciens pour notre Internet. Pour… la panne.

– La panne? Comment ça? Il n'y a pas de panne, puisque…

Hiroki se laissa retomber sur le bord de son lit.

– Emiko… mon père vient de me dire que le quartier est privé d'Internet depuis deux heures environ.

Leurs regards se posèrent sur la console.

– Mais Hiroki… dans ce cas…

– C'est bien ça le problème, Emiko : on ne *devrait pas* être en train de jouer, quoi qu'il arrive. Même si le réseau du jeu existait toujours… on ne pourrait pas se connecter.

La console, ce modeste petit objet de métal et de plastique, émettait imperturbablement son doux vrombissement. Comme un animal en train de dormir.

À l'écran, Midori eut un mouvement de recul, un peu saccadé.

– *Le brouillard arrive.*

Hiroki ne réfléchit pas longtemps avant de demander :

– *Quel brouillard ?*

Une pause s'ensuivit.

– *Celui qui avale l'univers.*

Les enfants frissonnèrent à ces mots.

— *Il faut que tu m'aides vite, Hiroki. Trouve le Château des Quatre-Bosquets et tu…*

Hiroki se mit à composer une phrase, mais trop tard : « Impossible de se connecter au réseau » venait d'apparaître à l'écran. La partie, pour le moment au moins, était terminée.

— T… Tu dois aller à l'école, n'est-ce pas ? bredouilla Hiroki.

— Oui… sauf que je ne vais pas être très concentrée…

La sonnette d'entrée tinta. Les réparateurs arrivaient. Cependant, ce qui venait de se produire dépassait les compétences de n'importe quel technicien.

CHAPITRE QUATRE
Daisuke ojisan

Hiroki rêvait de faire à son père un exposé complet de ses découvertes. Il en rêvait depuis qu'Emiko était partie au pas de course, son cartable sur le dos, et qu'il s'était retrouvé seul face à sa console désormais muette.

Mais Hiroki n'aurait pu prévoir un détail. Un détail qui n'en était pas tout à fait un, d'ailleurs, car il ne passait pas à proprement parler inaperçu.

Ce détail, c'était Daisuke ojisan, «l'oncle Daisuke».

– Takumi, mon vieux Takumi! lança-t-il alors que le père d'Hiroki lui ouvrait la porte, réfrénant difficilement un sursaut de surprise teinté de frayeur.

Comment ça va? Tu n'avais rien de prévu ce soir, j'espère? Parce que Daisuke est dans la place, et il y reste!

Il asséna une lourde tape sur l'épaule du père d'Hiroki, qui n'eut pas l'air de savoir s'il s'agissait d'un salut viril ou d'un «pousse-toi de là» à peine déguisé.

L'attitude de Daisuke figea M. Abe dans une posture de gêne. Mais l'oncle n'en tint pas compte et remarqua alors la présence d'Hiroki.

– Eh bien, ça pousse, ça pousse! Il va être plus grand que toi, non, ce gamin?

Hiroki bomba le torse et M. Abe haussa les épaules.

– Alors, gamin? Content de voir Daisuke ojisan?

Hiroki, à vrai dire, n'en savait rien. Qui plus est, il n'avait toujours pas réussi à comprendre de qui Daisuke était réellement l'oncle. En tous les cas, ce n'était pas le frère de son père, Hiroki l'aurait juré. L'oncle de son père? Possible. Et qui sait: «ojisan» était peut-être simplement utilisé comme forme de politesse. Toujours est-il que ces liens de parenté mystérieux ne l'avaient jamais empêché de débarquer de temps en temps sans sommation.

– Takumi, arrête de faire cette tête, je vais finir par croire que ma venue ne te fait pas plaisir ! annonça Daisuke d'une mine alternativement enjouée et un peu menaçante.

Hiroki tâcha de décrypter l'attitude de son père. De l'agacement, sans aucun doute. De la peur ? Peut-être. Il faut dire que ce que Daisuke ojisan faisait de ses journées demeurait un mystère. Hiroki ne lui connaissait aucun travail, aucune autre famille. Il arrivait toujours dans un élégant costume à l'européenne, des lunettes noires sur le nez, avec un petit cadeau pour Hiroki. Aussi, le garçon avait d'abord imaginé que Daisuke ojisan était très riche. Mais année après année, il s'était rendu compte qu'il portait toujours le même costume, et que celui-ci commençait à être un peu élimé par endroits. Un jour, Hiroki avait surpris une conversation entre son père et sa mère : le mot « yakuza » avait été prononcé. Était-ce possible ? Daisuke ojisan pouvait-il faire partie de cette terrible association de gangsters ? Candidement

– il allait sur ses huit ans – Hiroki avait alors posé la question à Daisuke ojisan pendant un repas, provoquant une quinte de toux crispée chez ses parents. L'oncle mystérieux avait soulevé ses lunettes, fait un clin d'œil au garçon, en lui murmurant : « Ne sois pas trop curieux ». Les choses en étaient restées là depuis.

Hiroki déplaça son regard vers son énigmatique oncle. Toujours les mêmes lunettes, toujours le même costume, et un peu plus de ventre que la fois précédente. Daisuke surprit cette observation silencieuse, et éclata de rire :

– Je vois ! Tu te demandes si je suis venu les mains vides, Hiroki ? Eh bien pas du tout ! Tiens !

Il dégagea un pan de sa veste et en sortit un illustré qu'il tendit vers le garçon. Mais M. Abe, plus rapide, l'intercepta, jeta un coup d'œil sur la couverture, grimaça, et fusilla l'oncle du regard.

– Tu es devenu fou, Daisuke ? Il a dix ans ! *Dix ans* !

– Eh bien, il est assez grand pour…

– Ça ne s'arrange vraiment pas ! s'emporta M. Abe tout en rangeant le cadeau dans un tiroir. C'est tout toi.

Daisuke ojisan soupira.

– Eh bien, en ce cas, je n'ai plus rien pour toi, Hiroki. Désolé, mais le tyran domestique a parlé.

M. Abe parut prendre sur lui pour ne pas dire quelque chose de désagréable. Après quoi, il demanda un peu sèchement :

– Tu restes dîner, je suppose ?

– Oui, pourquoi pas ! Qu'as-tu préparé de beau ?

– Eh bien… Je pensais commander chez…

Daisuke ojisan l'interrompit d'un air sévère :

– Je suis venu pour passer une bonne soirée, pas pour m'empoisonner avec de la nourriture de traiteur. Pas question de commander. Tu as des provisions, au moins ?

– Oui, dans la cuisine. Mais…

– Aaaah, alors va te détendre, Takumi. À voir ta tête, la journée a été longue. Hiroki et moi, on va faire à manger. Pas vrai, gamin ?

Le garçon hocha la tête, tout en se demandant ce que l'oncle attendait de lui.

M. Abe eut un geste vague, entre agacement et acquiescement, et se retira en direction de la salle de bain. Après quoi, Daisuke et Hiroki pénétrèrent dans la cuisine.

– Bon, avant toute chose… fit Daisuke entre ses dents.

Il ouvrit la porte du réfrigérateur à l'américaine, y promena son regard, puis poussa un petit râle de satisfaction. Il dégagea de la porte la bouteille de saké dont il avala quelques lampées à même le goulot, devant l'air effrayé d'Hiroki.

– Ah, ne t'inquiète pas, mon garçon ! s'exclama Daisuke en s'essuyant la bouche d'un revers de manche. C'est juste pour me motiver un peu.

– Mais papa ne va p…

– Oh, ça va, je lui en ai laissé. Hum, peut-être pas tant que ça. Ah, c'est fait pour être bu, non ? Bon, alors voyons ce qu'il y a par ici.

Il se mit à ouvrir les placards en grommelant.

– Ton père n'achète jamais rien de frais ? Seulement des boites ?

Hiroki tendit un doigt vers une porte, que l'on devinait à peine, masquée qu'elle était par l'angle des buffets. L'oncle l'ouvrit et posa les mains sur ses hanches.

– C'est mieux ! triompha Daisuke. Dommage qu'il ne sache pas cuisiner, il achète de bons produits. Il en fait quoi, après, s'il ne s'en sert pas ? Il les jette ?

– Ça arrive, oui, Daisuke ojisan.

– Quel gâchis ! Bon, au boulot.

Et Daisuke ojisan se mit au travail, débitant, hachant et émincant avec une dextérité de professionnel. En le voyant manier le long couteau de cuisine effilé avec une telle assurance, Hiroki se rappela que son oncle, pour ce qu'il en savait, était peut-être un dangereux malfaiteur. Un tueur ? Sûrement : sinon, pourquoi saurait-il faire sauter la lame dans sa main de cette manière ?

Hiroki s'était transformé en commis, et s'acquittait de petites tâches comme casser des œufs. Bientôt, une bonne odeur commença à embaumer la cuisine.

– Dis-moi, Hiroki, comment va ton père, en ce moment ?

– Il va bien, ojisan. Je crois.

— Tu crois ?

— Il appelle encore mama dans ses rêves.

Daisuke interrompit son geste un instant, puis se remit à trancher un navet.

— Cela ne doit pas être facile pour lui. Et toi ?

— J'essaie de ne pas trop y penser.

— D'accord… la vie ici te plaît ?

Hiroki tordit la bouche.

— C'est différent de Tokyo, c'est sûr. Mais je me suis fait des amis.

— Ah, bien. Et… des copines, aussi ?

Le garçon fit « oui » de la tête, et l'oncle éclata de rire, tout en lui assénant une tape amicale à l'arrière du crâne.

— Très bien, gamin, très bien ! Je suis sûr que tu vas devenir un vrai séducteur, comme ton père !

— On parle de moi ?

M. Abe venait d'apparaître dans la cuisine, les cheveux mouillés et plaqués en arrière.

— Je disais à ton fils que…

— Eh bien arrête de lui dire des bêtises !

Il huma un moment le fumet qui se dégageait d'une des casseroles.

– En tous les cas, ça sent bon, ajouta M. Abe.

Cette séance de cuisine improvisée n'avait pas déplu à Hiroki, mais elle n'avait pas totalement désencombré son esprit du mystère de la console. Et à nouveau, il sentit une vague d'excitation monter en lui. Seulement, il n'allait pas pouvoir en parler devant son oncle, sous peine de passer pour un fou.

Il décida donc de tenir sa langue pendant le repas, se surprenant à souhaiter le départ aussi vite que possible de l'oncle trop encombrant. Mais Daisuke ojisan ne se comportait définitivement pas comme quelqu'un pour qui le temps comptait. Au contraire, il paraissait prendre un plaisir certain à la compagnie du père et de son fils.

– Dis-moi, Takumi, j'ai goûté un truc pas mal, dans ton frigo ! Des légumes marinés. Et après, tu dis que tu ne sais pas cuisiner ?

Hiroki intervint :

– Oh, Daisuke ojisan, c'est la mère d'une amie qui les a faits.

Daisuke eut l'air intéressé :

– Oh, vraiment ? La mère d'une amie ?

M. Abe, gêné, paraissait craindre que la conversation s'oriente sur leurs voisines. Aussi, il se contenta de remplir le verre de son invité-surprise.

– Dis-moi, Takumi, j'ai l'impression que ton fils s'ennuie, ici. Tu ne veux pas me le confier quelques jours ?

Hiroki sentit son cœur battre plus fort : il n'avait aucune envie de laisser la console et son mystère. Mais la réaction de son père le rassura :

– Quoi ? Tu crois que je te fais confiance, Daisuke ? Te confier Hiroki ? Tu as déjà trop bu ce soir.

– Qu'il est arrogant ! Oh, eh bien tant pis, laisse tomber.

– Je crois qu'Hiroki se passera bien de tes fréquentations.

Pour Hiroki, la chose était claire, désormais : ces fréquentations, cela ne pouvait être que les yakuzas. Il frissonna à l'idée que son oncle puisse lui faire côtoyer des assassins sans foi ni loi. Mais déjà, Daisuke ojisan était reparti sur un autre sujet :

– Dis-moi, Hiroki... Tu pratiques un sport ? Tu es bien maigrichon.

Le garçon secoua la tête.

– Mama m'avait inscrit au kendo[1], mais je n'ai pas aimé.

– Ah oui ? gronda Daisuke. Tu sais que j'étais champion de kendo, moi ? Oh, je sais, je n'ai plus vraiment la ligne, ah ah ! Mais j'étais très bon, demande à ton père.

– Je n'ai absolument aucun souvenir de ça, répliqua M. Abe d'un ton excédé. Et moi aussi, j'aimerais bien qu'Hiroki ait une activité sportive. Je suis sûr qu'il serait bon au base-ball. Mais je crois qu'il préfère y jouer sur ses consoles.

Daisuke ojisan leva un sourcil.

– Tes consoles ?

– Oui, des consoles de jeu. Même toi, tu dois savoir ce que c'est, non ?

_____

1. Escrime au sabre, extrêmement populaire au Japon

Daisuke ricana.

– Pour qui me prends-tu ? Je vis avec mon temps !
Mais je comprends mieux. Tel père, tel fils ! Tu
adorais ça, toi aussi, hein !

– C'est vrai, je l'admets.

– Il y a un jeu dont tu étais fou, grand dadais ! Tu
te promenais avec des T-shirts et des babioles tirées du
jeu comme si tu avais l'âge de ton fils ! Tu avais quoi ?
Vingt-deux ans ? Plus ? Ah, ah, regardez-le faire son
sérieux, maintenant ! Fini, les colliers-fantaisie !

Hiroki ne réagit pas sur le coup. Il lui fallut
plusieurs secondes avant que l'information n'atteigne
son cerveau, et qu'il en tire les conclusions qui s'im-
posaient. Alors, électrisé, il hurla presque :

– Papa ! Un collier ? Tu portais un collier tiré
d'un jeu ?

M. Abe eut une moue circonspecte.

– Tu sais, les gens de ma génération aimaient
tous *Zelda*. On a connu ça quand on était tout petits !

On s'approchait.

– J'avais notamment un collier de la Triforce, une
édition limitée offerte par ta mère. Ah, à l'époque, on

n'était pas bien riches. Elle avait dû économiser pour me faire ce cadeau.

Hiroki n'arrivait plus à contenir son enthousiasme :

— Papa, tu… Enfin… C'est incroyable !

— Incroyable ? Qu'est-ce qu'il y a d'incroyable ?

Hiroki baissa la tête :

— Je ne peux pas t'en parler pour le moment.

Cet aveu amusa beaucoup Daisuke.

— Vraiment ? Tu as peur que je ne puisse pas comprendre ? C'est sûr que je n'y connais pas grand-chose, moi, à vos jeux. Mais quand même…

— C'est… personnel, Daisuke ojisan.

L'oncle afficha un air résigné, et sortit une cigarette de sa veste.

— Tu peux aller fumer dehors, Daisuke ?

— Oh, c'est vraiment devenu le bagne, ici ! D'accord, d'accord.

Alors que l'oncle se retirait, Hiroki se rapprocha de son père.

— Papa, c'est important. Il se passe quelque chose de très bizarre.

— Hum, tu m'inquiètes, tu fais une drôle de tête.

– Oublie ma tête, papa. Est-ce que le nom de Midori te dit quelque chose ?

Le père d'Hiroki demeura pensif, se gratta le menton, avant de dire :

– Midori ? Non, pas à première vue. Pourquoi ?

– Tu ne te rappelles pas avoir croisé une certaine Midori quand tu jouais à *Kogen* ?

Cette fois, M. Abe trembla presque. L'association des deux noms ne l'avait pas laissé indifférent.

– Midori… Oui, bien sûr. Elle faisait partie d'un groupe de joueurs que nous avions formés. Nous devions être quatre ou cinq, et c'est avec elle que je m'entendais le mieux. On vivait de chouettes aventures, tous ensemble, mais on avait aussi fini par se raconter nos vies via le *chat*. Mais on ne s'est jamais rencontrés dans la vraie vie.

Il réfléchit puis ajouta :

– Au fait, comment peux-tu connaitre ce nom ?

– Papa, avant que je t'explique, il y a autre chose que tu dois me dire. Ces autres joueurs, tu leur avais donné ton vrai nom ?

M. Abe eut l'air embarrassé.

– Non. J'avais envie de garder mon anonymat.

– Alors, est-ce que tu sais quel nom tu utilisais ?

Il prit une grande bouffée d'air.

– Oui. Tu sais, à l'époque, ta mère et moi rêvions déjà d'avoir un petit garçon, mais les médecins nous avaient dit que cela ne serait pas possible compte tenu de sa santé. Et moi, eh bien, je voulais un petit garçon plus que tout. Je savais déjà que je l'appellerais Hiroki.

Le garçon eut un mouvement de recul. Cette fois, tout était clair. La Midori, à l'autre bout du jeu, n'avait pas deviné qui était Hiroki : bien plus logiquement, elle l'avait confondu avec son père dont elle avait reconnu le personnage. Une partie du mystère au moins été levée : cette Midori n'avait pas le don de double-vue. Mais au fond, ce n'était pas le plus étrange dans toute cette affaire. Il restait à comprendre comment Hiroki pouvait jouer à *Kogen* alors que le réseau propre au jeu n'existait plus… et même, comment il avait pu accéder à Internet alors que tout le quartier en était privé. Il s'apprêtait à aborder ce sujet avec son père quand Daisuke ojisan revint dans la pièce, l'air ravi.

— Vous avez des têtes de comploteurs, le père et le fils !

— On a bien le droit d'avoir des secrets, rétorqua M. Abe.

— Ah ! Vraiment des secrets ? Vous ne voulez pas m'en parler ?

— Passons à autre chose, veux-tu ?

Daisuke haussa les épaules.

— Comme tu voudras. Au fait, Takumi, je me demandais…

— Quoi ?

— J'ai fait le tour de la maison en fumant, là. Il m'a semblé voir trois chambres, de l'extérieur. Je me trompe ?

M. Abe se décomposa.

— Non, il y a bien trois chambres.

— Je me disais bien. Et à quoi sert la troisième ?

— Je ne l'ai pas encore aménagée…

Le visage de Daisuke s'éclaira :

— Dis-moi, ça ne te dérange pas si je reste pour la nuit, n'est-ce pas ? Je viens de loin, et il est déjà un peu tard.

– Rester… c'est qu'il n'y a pas de lit dans cette pièce, et…

– Ne t'inquiète pas, ça ne me dérange pas ! Je vais dormir sur le sol, à la dure ! Ça me connaît ! Ah, au fait : ce sera peut-être un peu plus qu'une nuit, si ça ne t'ennuie pas. J'ai des choses à faire dans le coin.

M. Abe ouvrit la bouche, sans pouvoir produire la moindre protestation. Déjà, Daisuke déclarait :

– Parfait, alors ! Je suis un peu fatigué, je peux monter dormir ?

Bien entendu, il n'attendit pas la réponse et prit le chemin de l'étage, laissant M. Abe dans un embarras qu'il ne dissimulait qu'à grand-peine.

Quand ils furent seuls à nouveau, Hiroki dit timidement :

– Papa… Au sujet de ce que je te disais…

– Oui ? Ah, le jeu…

– Papa, cette personne qui semble te connaître, est-ce que tu crois qu'elle a un problème ? Elle a l'air de dire que tu dois l'aider.

M. Abe baissa la tête, puis s'agenouilla face à son fils.

– Hiroki... Je ne sais pas ce qui s'est passé, là-haut, sur la console, mais je suis sûr d'une chose : tu n'as pas pu rencontrer la Midori dont tu parles.

– Enfin, papa... Je n'ai pas pu rêver ou imaginer tout ça, non ? C'est bien qu'il y a quelque chose de bizarre ?

– Ce n'est pas seulement bizarre, c'est impossible ! *Tout* est impossible dans ce que tu me racontes. Midori, du jour au lendemain, ne s'est plus jamais connectée. Sans nous dire un mot. Alors, bien sûr, nous avons cherché à savoir ce qui lui était arrivé.

– « Nous » ?

– Les autres joueurs et moi.

– Ah, oui ! Et alors ?

M. Abe avait l'air bien sombre.

– Ce n'était pas simple, car nous ne connaissions pas son nom de famille, et à vrai dire, rien ne prouvait qu'il s'agissait de son vrai prénom. Un des joueurs de notre cercle était un *hacker*; et après bien des efforts, il était parvenu à retrouver l'adresse IP[1] de Midori.

_____

1. L'adresse IP est la suite chiffrée qui identifie un ordinateur de manière unique sur Internet.

Il s'arrêta, souffla, puis très ému, ajouta :

– Nous avons appris qu'une jeune fille portant ce prénom, et située dans une zone correspondant à cette adresse IP, avait disparu de son domicile, sans laisser de trace. Pendant longtemps, j'ai surveillé les journaux pour avoir des nouvelles, mais... À ce jour, à ma connaissance, Midori n'a pas été retrouvée. Tout porte à croire qu'elle a été victime d'un accident fatal.

Hiroki ouvrit grand la bouche :

– Tu veux dire qu'elle est...

CHAPITRE CINQ

Le brouillard noir

– Morte ? Comment ça, « morte » ?

Emiko regardait Hiroki comme s'il était devenu fou.

– Qu'est-ce tu ne comprends pas dans ce mot ? Morte, comme morte ! Mon père en est persuadé.

– Hum… Et morte de quoi ?

– Pas la moindre idée. Ce n'est qu'une supposition de sa part, mais il en est persuadé. Les recherches n'ont jamais rien donné. En tous les cas, il refuse d'en parler davantage. Je crois que ça lui rappelle trop la mort de mama.

Emiko hocha la tête :

— Oui, cela faisait beaucoup de tristesse dans sa vie. Je le comprends. Il peut y avoir des tas d'autres explications. En tous les cas, on sait au moins une chose : elle t'appelle Hiroki parce que ton père s'était présenté à elle comme ça. Elle n'a pas su, par magie, qui tu étais. On va finir par recoller les pièces du puzzle.

Hiroki haussa les épaules, agacé.

— Tu es trop sérieuse, parfois ! On a joué à un jeu en réseau alors qu'il n'y avait même pas d'Internet, je te rappelle ! Il se passe des choses incompréhensibles, et je veux absolument avoir le fin mot.

Emiko acquiesça.

— Tu sais, je ne sècherais pas le soutien si je n'étais pas moi aussi très intriguée, Hiroki.

Elle eut un regard pour son cartable, jeté dans un coin de la chambre de son ami. Elle ajouta :

— Je suppose que tu veux refaire un essai, n'est-ce pas ?

— Oui, bien sûr.

— Très bien. Attends-moi un moment, je reviens.

Elle sortit, et Hiroki alluma la console. Une seconde plus tard, un cri aigu lui vrilla les oreilles.

Paniqué, il courut jusqu'au couloir et Emiko figée devant Daisuke, enveloppé dans un drap de bain, une cigarette éteinte au coin des lèvres.

– Emiko, j'ai oublié de te prévenir ! Je te présente Daisuke ojisan. Il passe euh…

– Je suis de passage, oui, confirma l'oncle. Et toi, qui es-tu, mignonne ?

– E… Emiko. Je suis…

– Une amie du gamin, je vois ça, oui ! Eh bien, Hiroki, tu choisis bien tes amies, elle est charmante.

Emiko s'était recroquevillée sur elle-même comme un cloporte.

– Daisuke ojisan… papa ne veut pas que l'on fume dans la maison. Il m'a dit de te le rappeler au cas où…

– Ah oui, quel rabat-joie. Dis, tu ne vas pas me dénoncer, hein ? Je n'aime pas les mouchards, tu sais…

Hiroki se fit tout petit tandis que l'oncle passait son chemin.

– Quel drôle de personnage, murmura Emiko.

– Oui, je ne te le fais pas dire. Mais oublions-le pour le moment, hein ? Viens voir.

Ils retournèrent à l'intérieur de la chambre d'Hiroki, pour découvrir que le jeu s'était chargé sans trop de délai. C'était, en soi, une excellente nouvelle. Hiroki prit les commandes, fit monter Rodolphe à cheval, et commença à parcourir le paysage à la recherche de l'énigmatique Abondance. Il s'attendait à ce qu'elle surgisse, comme d'habitude, du coin le plus sombre de l'écran. Or, cette fois, les choses ne paraissaient pas aussi immédiates.

— Elle a parlé du Château des Quatre-Bosquets, non ? Ce doit être ce truc sur la carte. Apparemment, mon père l'avait déjà visité.

— Allons-y !

Les créatures rencontrées durant cette phase du jeu n'étaient que des créations numériques sans âme, juste assez intelligentes pour donner un peu de fil à retordre au joueur. D'abord sur la réserve, Emiko se mit à guider Hiroki, dévoilant par la même occasion un bien meilleur sens de l'orientation que celui de son camarade. Ainsi, tous deux, ils parvinrent bientôt à un paysage côtier, hérissé de hautes falaises crayeuses qui évoquaient une fois encore bien davantage l'Europe que le Japon. La lumière avait changé, et les deux enfants s'émerveillèrent de voir prendre vie, sous leurs yeux, un panorama aussi féérique. Malgré les limitations techniques de la machine, tout semblait avoir été pensé pour que la beauté soit présente quel que soit l'angle de la caméra.

Après plus d'une heure de jeu, toutefois, le Château des Quatre-Bosquets paraissait encore bien loin. Plus contrariant encore : à plusieurs reprises, l'écran s'était chargé de parasites, comme si une nuée de pixels noirs, semblables à de la suie, s'y était déposée. Le phénomène, à chaque fois, avait été bref, mais sa fréquence augmentait au fur et à mesure que le temps passait.

– Hum, observa Emiko, certainement une erreur de programmation.

– C'est curieux, quand même. On dirait que cette fumée noire ne se forme pas totalement par hasard.

– C'est vrai, elle a un mouvement presque… intelligent. On dirait presque qu'elle est vivante.

– Oui. Je me demande si…

– Si quoi ?

– Si ce n'est pas de ça qu'a parlé Midori, l'autre fois. Elle a évoqué une sorte de brouillard. Un brouillard noir, qui avait l'air de lui faire peur.

Emiko ne répondit rien. Elle s'approcha de l'écran si près que l'électricité statique vint lui caresser le museau avec un petit crépitement, mais cela ne l'empêcha pas de continuer à scruter les points noirs mouvants. Finalement, elle recula, perplexe.

– Qu'est-ce qu'il y a ?

– Je ne sais pas, Hiroki. C'est tellement étrange ! On dirait que ça ne fait pas partie du jeu.

– Hein ?

– Ce ne sont pas des pixels. C'est autre chose. Comme des gouttes vues au microscope.

Hiroki s'apprêtait à lâcher la manette pour constater de lui-même quand le phénomène se dissipa.

– Quoi qu'il en soit, n'envoie pas Rodolphe là-dedans, conseilla Emiko. Ça ne me dit rien qui vaille.

– Non, je ne suis pas fou ! En tous les cas, pas de trace de Midori pour le moment. Enfin, d'Abondance, je veux dire.

Il ajouta :

– Où crois-tu que je doive aller ?

Emiko réfléchit.

– Aucune idée. Mais si elle essaie d'échapper à ce fameux «brouillard noir», il y a de fortes chances pour qu'il faille aller dans la direction opposée. Tu ne penses pas ?

– Si, mais c'est apparu un peu partout. Comment faire pour s'y retrouver ?

– Attends, j'ai peut-être une idée. Affiche la carte du jeu !

Hiroki exécuta une série de commandes, et une carte se superposa à l'action principale, sur laquelle tous les territoires déjà visités étaient visibles. Emiko attrapa une feuille de papier sur le bureau d'Hiroki, et la posa contre l'écran. L'électricité statique permit au papier d'adhérer comme par magie – un phéno-mène qui n'existe plus sur les écrans plats modernes. Alors, armée d'un crayon, elle se mit à décalquer par transparence la carte. Une fois son travail terminé, elle dit à Hiroki :

– Bon, regarde : de mémoire, on a rencontré ce brouillard noir à cet endroit. Et également ici.

— Oui, et n'oublie pas par là.

Une fois leur travail terminé, ils purent apprécier l'étendue du phénomène. Le fameux « brouillard » grignotait l'espace du jeu par le nord-ouest, et s'étendait de manière éparse en diagonale, vers le sud-est.

— Nous sommes à mi-chemin, remarqua Hiroki. Je ne pensais pas que les distances étaient aussi énormes ! Remarque, rien d'étonnant : le jeu avait été prévu pour accueillir des millions de joueurs sans qu'ils se marchent sur les pieds.

— Je sais. Pourtant, Midori a réussi à nous retrouver, elle.

— Oui. C'est comme si elle était parvenue à nous sentir.

Emiko médita sur cette dernière phrase.

— À nous sentir… Oui.

Soudain, la réalité rattrapa les deux amis, et Hiroki ne put s'empêcher de demander :

— Tu ne vas pas avoir des ennuis ? À rester avec moi ? Ta mère ne va pas t'en vouloir ?

– Elle m'en voudra si elle l'apprend. Mais elle est très occupée, et je ne pense pas qu'elle en saura quoi que ce soit.

Hiroki eut une moue gênée.

– Quoi ? C'est de ta faute, tout cela ! Tu as des remords, maintenant ?

– Un peu, oui. Je ne veux pas que tu aies des tracas par ma faute.

– Il fallait y penser avant, Hiroki ! Maintenant, j'y suis jusqu'au cou, comme toi.

On frappa à la porte. Cela ne pouvait être que Daisuke, et Hiroki lui cria qu'il pouvait entrer.

C'était bien lui, désormais vêtu de son costume mythique, une cigarette éteinte au coin des lèvres.

– Qu'est-ce que vous faites, là-dedans ? demanda-t-il.

– Euh… on joue à ça, se contenta de dire Hiroki.

– C'est quoi, « à ça » ? Ah, un jeu vidéo…

Contre toute attente, Daisuke eut l'air captivé par ce qu'il découvrait à l'écran. Il s'assit au bord du lit d'Hiroki, et agita son mégot éteint d'un geste impérieux :

— Allez-y, ça ne me dérange pas ! Je suis même curieux de voir.

Hiroki soupira : cette intrusion n'était pas tout à fait dans ses plans.

— Vous avez déjà joué à un jeu auparavant, Daisuke-san ? demanda Emiko.

— Moi ? Ah ah ah ! Non, jamais. Ça m'intrigue, votre truc. Je me suis toujours demandé comment on pouvait rester des heures devant un écran, mais ça a l'air captivant.

— Tu n'as rien à faire d'autre, Daisuke ojisan ? s'impatienta Hiroki.

— Non, non. On va dire que j'ai du temps, en ce moment.

— Ok… gémit Hiroki, résigné.

— Direction sud-est ! tonna Emiko.

Hiroki s'accrocha à sa manette comme un marin à la barre de son navire.

« Où te caches-tu, satané château ? », pensa-t-il alors que sur l'écran, le soleil commençait à décliner.

Il continua à se poser la question deux bonnes heures au moins…

CHAPITRE SIX

L'aventure de Rodolphe

Rodolphe ne sentait plus ses muscles, mourait quasiment de soif, mais la récompense à tous ses efforts approchait: la masse monumentale du château des Quatre-Bosquets se dressait enfin à l'horizon. Le soleil projetait ses traits orangés à travers la végétation clairsemée. Rodolphe arrêta un instant sa monture pour apprécier les alentours. Une large crevasse rendait l'accès au bâtiment difficile, en tout cas si on décidait de le contourner. Car l'accès le plus évident, lui, crevait les yeux: c'était un long pont en pierre marqué par les avaries du temps. À mi-parcours, le sol s'était effondré, coupant la route en deux dans sa longueur; et il n'était pas garanti que les fondations pussent encore supporter le passage d'un cheval avec son cavalier. Mais la nuit ne tarderait pas à tomber, et contourner le ravin par l'est risquait de prendre beaucoup trop de temps. Une mauvaise rencontre, et c'en était fini de Rodolphe : son épée menaçait de se briser, et il n'était guère à l'aise avec la lance qu'il avait prélevée sur la dépouille d'un précédent adversaire. Il se décida donc à franchir le pont en pierres, tout en restant aussi méfiant que possible.

Conformément à ses craintes, l'édifice ne tenait plus qu'à un fil. Le poids de sa monture risquait de précipiter les choses en fragilisant encore plus la structure du pont. Rodolphe mit donc pied à terre, laissant harnachés à sa selle quelques rations de survie et objets récoltés le long de son périple. Il se mit à avancer prudemment, guettant chaque vibration suspecte. Deux ou trois pierres se déchaussèrent, mais jamais Rodolphe n'entendit le bruit du choc contre les rochers en contrebas : la crevasse qui bordait le château devait décidément être très profonde. Finalement, après avoir perdu l'équilibre à quelques reprises, Rodolphe put atteindre l'autre extrémité du pont de pierre. Devant lui, le pont-levis abaissé avait des allures de langue gigantesque, prête à l'avaler. Il en était sûr : c'est entre les murs en ruine que se trouvait celle qu'il cherchait. Il regarda derrière lui une dernière fois : au loin, très loin, il aperçut quelques petites taches sombres voleter devant le soleil déclinant. Le brouillard gagnait du terrain, mais il y avait encore le temps.

La lame de son épée avait perdu de son clinquant, et son fil présentait des cassures sur toute sa longueur. Il soupira et progressa. Une fois dans la cour du château, il commença à visiter méthodiquement toutes les salles auxquelles il avait accès. L'une d'elles était une ancienne salle d'armes, qui ne comptait plus grand-chose d'intéressant à part une pierre à polir. Il y fit glisser son épée pour lui rendre un peu de son tranchant. Puis, satisfait, il poursuivit son exploration.

La végétation avait commencé à engloutir la maçonnerie. Les branches d'un arbre jaillissaient d'une fenêtre brisée comme d'immenses bras. Il n'avait pas pu pousser aussi vite sans qu'un maléfice soit à l'œuvre, songea Rodolphe. Son regard fut ensuite attiré vers un puits, dont s'échappait une haute colonne lumineuse. Il s'en approcha, mais son instinct lui dicta de ne pas se mettre sur le passage de la lumière. Il éluciderait le phénomène plus tard.

Une fois la découverte du rez-de-chaussée terminée, il chercha à accéder aux étages supérieurs. Malheureusement, l'escalier principal n'existait plus : seul subsistait un modeste tronçon de quelques marches. *Il ne restait qu'une solution :* grimper. *Çà et là, le mur intérieur présentait des aspérités qui, pour un hôte athlétique, pouvaient constituer des prises acceptables. Rodolphe n'hésita pas, et se lança dans l'ascension du mur. Sa première tentative fut un échec : à quatre mètres de haut environ, il eut besoin de se projeter sur la paroi opposée pour attraper la prise suivante et la manqua de justesse. Endolori, protégé en partie par les épaisses couches de cuir de son armure, il réitéra ses efforts et cette fois, ils furent couronnés de succès.*

Ce n'est qu'à grand-peine qu'il se hissa, finalement, jusqu'au premier étage qui offrait encore un plancher et des couloirs. Il reprit son souffle, rassembla ses forces vitales, et débuta l'exploration.

Ce ne fut qu'après quelques minutes qu'il décela une présence ; quelqu'un l'attendait au bout du couloir. S'il s'était agi d'Abondance, elle se serait déjà manifestée. Les muscles tendus, il progressa en prenant soin de ne pas faire de bruit — si tant était que cela servait encore à quelque chose. À cet endroit, il n'y avait aucune source de lumière extérieure, et les ténèbres offraient une couverture parfaite. Un pas, puis un autre encore… Et soudain, un cri. Ou plutôt, un hurlement.

La chose qui s'avançait vers Rodolphe tenait autant du loup que de l'ours, et ses yeux fous rougeoyaient dans la pénombre comme s'ils étaient en feu. Une lance, brisée au tiers de sa longueur, dépassait de ses omoplates. La blessure ne paraissait pas récente, et la bête devait vivre avec ce bout de métal dans sa chair depuis bien longtemps.

Rodolphe tendit la pointe de son épée en direction de la gueule de la créature et recula de quelques pas. Il savait qu'il n'aurait pas le dessus au corps-à-corps, et seule la magie pouvait encore lui venir en aide. Il se concentra, guettant le moindre changement dans l'allure de son ennemi, puis prononça le sortilège d'apaisement. Il sentit la créature résister un moment, redoubler de grognements, puis, ostensiblement, reculer. Le charme était-il suffisant ? Désormais, la chose l'observait tête baissée, les babines tremblantes. Il la contourna, tout en restant à l'écart de ses énormes pattes : un seul coup aurait pu le couper en deux. La créature ne bougeait quasiment plus ; le charme opérait plus volontiers sur les esprits primitifs. Alors, Rodolphe saisit le bout de lance à deux mains, et tira de toutes ses forces. Un flot de sang jaillit de la plaie, et la créature se cabra en gémissant. La lance brisée retomba au sol, et la bête se tourna vers Rodolphe. Seulement, cette fois, son regard n'exprimait

plus haine ou colère, seulement de la gratitude. Prudemment,
Rodolphe approcha sa main de la tête monstrueuse et plongea
ses doigts dans la fourrure. La chose grogna comme un bon
chien. Rodolphe poussa un soupir de soulagement, et enduit la
blessure béante de sa poudre cicatrisante. Sa dernière ration.

– Bravo, Hiroki, tu as drôlement bien fait !

Le garçon sourit à Emiko pendant qu'à l'écran,
la bête grondait avec tendresse.

– Moi, je l'aurais tuée ! protesta Daisuke. Regar-
dez-moi cette sale bête !

Hiroki agita la manette :

– Ojisan, tu n'y connais rien ! C'était évident
qu'il fallait employer la méthode douce ! Maintenant,
nous avons un allié précieux !

– Eh bien, moi, je ne suis pas tranquille, ajouta
Daisuke en tirant machinalement une cigarette de
sa poche.

Hiroki et Emiko lui adressèrent un regard implo-
rant et à contrecœur, il se contenta de la coincer entre
ses lèvres sans l'allumer. La partie reprit.

Rodolphe se remit en route. La bête n'avait rien perdu de son aspect terrifiant, quand bien même son regard s'était adouci. Elle se mit à suivre Rodolphe comme un chien de chasse, reniflant, grattant le sol de ses énormes griffes. Il restait à savoir quel comportement elle adopterait si jamais un nouvel adversaire venait à se manifester. Prendrait-elle la fuite ? ou lutterait-elle aux côtés de Rodolphe ? Pour le moment, le chevalier demeurait aux aguets. Son instinct lui murmurait que son objectif ne se trouvait pas à cet étage, et qu'il allait lui falloir grimper encore pour retrouver la trace d'Abondance. Sur le chemin, toutefois, il trouva, abandonnée dans la main sque-lettique d'un guerrier depuis longtemps trépassé, une longue épée que les années semblaient avoir plutôt bien épargné. Il se débarrassa de la sienne pour s'en saisir : il n'était pas question de transporter les deux. Cet espadon ne lui permettrait pas d'utiliser son bouclier, car il se maniait à deux mains ; mais son poids et son tranchant pouvaient compenser l'absence de protection. Il fit glisser son bouclier dans son dos ; au moins, il était protégé d'une attaque surprise venant de l'arrière.

— Mais ça a l'air beaucoup trop lourd, ce truc ! s'agaça Daisuke. Comment veux-tu te battre avec ça ?

– Rodolphe est très fort, se contenta de dire Hiroki.

– Fort ? On dirait un avorton ! Je n'ai pas confiance ! Pourquoi as-tu abandonné ton autre épée ?

– Je ne peux pas tout transporter ! C'est lourd !

– Il faudrait savoir ! Tu es fort ou pas ?

Emiko tâcha de dissimuler son hilarité en mettant les mains devant sa bouche, mais Daisuke, d'un clin d'œil, lui fit comprendre qu'il l'avait vue. Elle lui rendit son regard complice.

Finalement, Hiroki proposa :

– Je te laisse la manette, si tu crois faire mieux, Emiko !

– Oh, je préfère te regarder, pour le moment.

Rodolphe n'eut à se défendre que contre de bien modestes adversaires durant la suite de son parcours. Chauve-souris, chiens errants ; à chaque rencontre, sa longue épée mordait la première. À ses côtés, la bête n'intervenait que lorsqu'elle sentait que son nouveau maître – puisque Rodolphe jouait bien ce rôle, désormais – risquait de ne pouvoir faire face seul. Alors que le cinquième niveau du donjon ne lui offrait rien d'autre que la monotone succession de ses murs fendus, affaissés, Rodolphe aperçut enfin une silhouette féminine. Abondance ? Il accéléra le mouvement, toujours suivi par l'ours-loup monstrueux.

— Il faudrait lui donner un nom, songea Emiko à haute voix.

Hiroki posa la manette un instant.

— Hum… Tu as raison. Juste pour nous, ou tu crois qu'on peut le faire dans le jeu ?

— Je ne sais pas. Regarde les menus.

Hiroki récupéra les commandes, et entra dans la configuration du jeu. Après un petit moment, il poussa un cri de victoire :

— Ah ! Parfait ! Apparemment, toutes les créatures dont la jauge de vie s'affiche en vert peuvent être nommées. Bravo Emiko. Alors c'est parti, ce sera plus facile après. Mais comment on va l'appeler ?

— Appelez-le Daisuke ! tonna l'oncle d'Hiroki de sa grosse voix. Il me ressemble beaucoup, cette espèce d'ours.

— Mais Daisuke ojisan, on va tout le temps vous confondre avec lui si on fait ça. Emiko, tu as bien une idée, toi ?

— Je ne sais pas. C'est un garçon ou une fille, d'après vous ?

Hiroki et son oncle restèrent pantois : ils ne s'étaient encore nullement posé la question.

— Cette chose a des yeux trop doux pour être un mâle, finit par dire Daisuke en s'approchant de l'écran.

Hiroki acquiesça :

— Va pour un nom de fille. Mais je ne sais pas lequel.

Daisuke avait une fois encore une idée très claire sur le sujet :

— Akeno.

— C'est joli, reconnut Hiroki. Pourquoi ce choix ?

— Cette grosse bête me fait penser à quelqu'un que j'ai connu. C'est tout ce que tu as à savoir, gamin !

— Bon, bon, très bien Daisuke ojisan.

Et la partie reprit.

Rodolphe ne retrouva pas immédiatement la trace de l'apparition vaporeuse. S'il s'agissait bien d'Abondance, elle avait été avalée par les murs du couloir. Pourquoi le fuir de cette manière ? À moins, bien entendu, qu'il ne s'agisse pas d'elle. Rodolphe, pourtant, sentait que la révélation approchait. D'ailleurs, Akeno émettait un grognement suspect, et multipliait les mouvements brusques. Toujours sur ses gardes, Rodolphe ralentit ses pas. Chaque angle, chaque mur abattu, pouvait abriter un danger. Finalement, le couloir aboutit à un escalier mieux conservé que les précédents, couvert de poussière et de feuilles sèches. Sous la crasse, on pouvait encore distinguer, un peu terni, l'éclat du marbre et de l'or. En haut des marches, une porte à double battant entrouverte accueillit Rodolphe et Akeno. L'heure du combat approchait. Le dernier, peut-être ?

Hiroki s'épongea le front.

– Je sens que ça va chauffer ! Emiko, tu peux aller me chercher à boire dans la cuisine ?

Daisuke envoya une petite tape amicale à son neveu :

– Dis-donc, pour qui te prends-tu, à donner des ordres aux filles ? C'est comme ça que Takumi t'élève ? Va te chercher ta bouteille tout seul !

Un peu interloqué, Hiroki se leva, et son oncle en profita, au passage, pour lui envoyer un coup de pied aux fesses.

– Non, mais ! maugréa Daisuke avec un sourire malicieux.

Hiroki, une fois dans la cuisine, plongea sa tête à l'intérieur du réfrigérateur. Il restait deux bouteilles de soda *Ramune*, avec sa petite bille incrustée dans le goulot, et une bouteille de *Calpis Soda*. Il se jeta sur cette dernière, persuadé que les ferments lactiques contenus dans le liquide allaient lui apporter l'énergie nécessaire pour l'affrontement qui se profilait. Il en but un bon tiers, et songea que Daisuke et Emiko voulaient peut-être, eux aussi, se rafraichir. Il remonta jusqu'à sa chambre avec les deux bouteilles de *Ramune*. Emiko en fut ravie ; Daisuke, lui, paraissait déçu mais de la limonade, c'était toujours mieux que rien. Il décapsula la bouteille d'un coup sec plutôt que d'utiliser l'ustensile en plastique fourni, et se fit glisser une bonne rasade le long du gosier.

Maintenant, les choses sérieuses commençaient. Hiroki sentit ses mains devenir moites, ainsi que la traditionnelle montée d'adrénaline qui précédait tout combat avec un adversaire de fin de niveau.

La salle dans laquelle Rodolphe venait de pénétrer présentait une forme circulaire — sans doute était-elle logée dans l'une des tours, ce dont il était difficile de juger depuis l'intérieur du château. Elle était fort haute, et de somptueuses colonnades soutenaient un faîte lumineux, comme s'il avait été taillé dans du cristal. Au sol, des lignes concentriques rayonnaient depuis le centre ; par un jeu de lumière saisissant, elles avaient l'air d'être faites de braises incandescentes, en partie masquées par de la cendre. Rodolphe se garda bien de poser le pied sur elles, et les enjamba en faisant de petits sauts. Akeno resta en retrait, comme effrayée par ce que le lieu exhalait. Tout à coup, une colonne de poussière se mit à tournoyer depuis la voûte, de plus en plus vite, projetant des flammèches bleutées. Le tourbillon se densifia, créant un appel d'air tel que Rodolphe dut faire un pas en arrière. Bientôt, l'agglomérat de poussières se figea dans une forme peu définissable. Il y avait bien une tête, un buste, des bras, mais chacun présentait un aspect monstrueux. La créature qui venait d'apparaître ne possédait pas de visage au sens strict : les yeux pendaient, indénombrables, par petites grappes ; la bouche, parfaitement ronde, était hérissée de crocs triangulaires sur toute sa circonférence, et au fond, une langue conique s'agitait de manière abominable. La chose n'avait pas de jambes, et son tronc se terminait par une sorte de queue massive, infiniment longue, enroulée sur elle-même. Mais le plus grand danger, assurément, résidait dans les deux bras puissants, tentaculaires, terminés par des serres probablement capables de réduire en poudre la pierre la plus dure. Rodolphe pointa la lame de son arme vers la chose : le moment de vérité approchait.

– « Tar' Berith, abomination fatale », lut Hiroki en bégayant presque. Il n'a pas l'air commode.

Daisuke avait l'air encore plus paniqué :

– Mais tu vas lui régler son compte, hein ? Tu ne vas pas te laisser faire, gamin ?

– Ben… je vais faire ce que je peux, promis !

– Y'a intérêt !

Daisuke ne tenait plus en place. Les sourcils froncés, l'air nerveux, il dodelinait d'un pied sur l'autre, et ses lèvres torturaient l'extrémité de la cigarette éteinte. Emiko, elle, gardait la tête froide :

— Hiroki, tu n'as pas une deuxième manette ?

— Non. Si ! Pourquoi tu me demandes ça ?

Il eut un brusque mouvement des bras vers la gauche, comme s'il évitait pour de bon le coup que Tar' Berith, à l'écran, venait de porter à Rodolphe.

— Je me demande si je ne peux pas prendre le contrôle d'Akeno. Et t'aider à vaincre le monstre.

— J'ai dû la poser près de l'écraaaaAAAAnnn ! Aaaaah !

L'affrontement, pour le moment, ne tournait pas en la faveur d'Hiroki. Ses pouces tournaient à toute vitesse sur les commandes en forme de champignon, et ses index s'agitaient plus vite encore que les doigts d'un dactylographe. Il ne pouvait s'empêcher de se trémousser au rythme des coups qu'on portait à son personnage, comme s'il les ressentait dans sa propre chair.

— J'ai la manette ! s'écria Emiko.

Elle la mit sous tension : aussitôt, une lumière bleue apparut sur le côté de l'accessoire, mais celle-ci passa immédiatement au rouge.

— Je crois qu'elle n'est pas bien rechargée.

— C'est pas grave, Emiko. Aide-moiiiiii !

La musique, de plus en plus frénétique, ne contribuait pas à faire descendre la pression. Emiko exécuta quelques combinaisons de boutons, avant de se réjouir :

— Ça marche ! Je contrôle Akeno !

Akeno avait réussi à se faufiler entre les bras démesurés de Tar' Berith. Dans le dos du monstre luisait une excroissance translucide, qui constituait à coup sûr son talon d'Achille. Elle se jeta dessus et la mordit de toute la force de sa mâchoire. Le monstre se cabra en poussant un cri terrible, et tomba au sol, comme étourdi. Rodolphe saisit l'occasion et fit pleuvoir sur lui une grêle puissante de coups d'épée. Voilà : l'abomination avait enfin été blessée à son tour.

— Génial travail d'équipe, Emiko ! Bravo ! On va réussir à l'avoir, j'en suis certain !

– J'en suis sûre ! Ah, regarde : le monstre se relève déjà. Il va falloir recommencer notre petit manège.

– Eh bien allez-y au lieu de parler pour ne rien dire ! s'énerva Daisuke. Finissez-le, ce f…

Il s'arrêta net, se rappelant qu'il s'adressait à des enfants.

Emiko et Hiroki ne l'écoutaient de toutes les manières que d'une oreille, happés qu'ils étaient par leur combat. Et il n'était pas encore terminé, car après avoir usé trois fois de la même tactique, ils constatèrent que Tar' Berith réfléchissait. Autant, en tous les cas, que pouvait le faire une créature de jeu vidéo programmée dix ans plus tôt.

C'était le moment où jamais. Rodolphe tenait à peine debout, et la moindre blessure pouvait avoir définitivement raison de lui. En face, le monstre meurtri ne parvenait plus à conserver son intégrité physique : à intervalles irréguliers, Tar' Berith se dématérialisait, devenant alors totalement insensible aux assauts de Rodolphe. Et pendant ces phases, il vibrait si fort que des morceaux de maçonnerie se détachaient en hauteur, menaçant d'écraser à la fois Rodolphe et Akeno.

– Maintenant ! cria Emiko. Achève-le, Hiroki !

Il s'en était fallu d'un quart de seconde à peine : Rodolphe avait frappé la créature à l'instant même où elle avait retrouvé son corps, juste avant qu'elle ne lui assène un coup fatal. Une gerbe de lumière en jaillit comme un geyser. Bientôt, il n'exista plus rien de la chose qu'on appelait Tar' Berith.

Devant l'écran, c'était une scène de liesse. Hiroki avait brandi sa manette au-dessus de sa tête, triomphant, tandis qu'Emiko battait des mains. Daisuke enlaça les deux enfants si forts qu'il les étouffa presque.

– Bravo, les gamins ! Vous l'avez eue, cette saleté !

– Tu es le meilleur, Hiroki.

Le garçon rougit.

– Non, tu m'as beaucoup aidé, Emiko. Sans toi, j'étais cuit !

Daisuke n'était pas celui qui trépignait le moins.

– Bon, et maintenant, qu'est-ce que…

Il s'arrêta net et porta la main à sa poche. Il en sortit son téléphone, grogna en découvrant le nom affiché, et sortit de la chambre d'Hiroki avec un geste désolé.

– Dis donc, ton oncle a eu l'air d'apprécier.

– Oui, je ne m'attendais pas à ça! Au fait, ce n'est pas vraiment mon oncle, tu sais. Enfin, je n'ai jamais trop su. Bref, maintenant, il faut continuer. N'oublions pas qu'au bout du compte, c'est Midori que l'on cherche.

– Tu as raison, ne perdons pas de temps.

Là où Tar' Berith s'était tenu une minute plus tôt brillait un petit objet doré. Une clé. Rodolphe s'en empara et alors qu'il sentait ses forces revenir, il aperçut une porte en face de lui. Accompagné d'Akeno, il s'en approcha et l'ouvrit à l'aide de la clé. Derrière, un escalier menait à l'étage supérieur – vraisemblablement le plus haut de la tour. Mais il était bien trop étroit pour que l'animal pût l'accompagner: il lui indiqua donc de l'attendre en bas des marches, comme un chien fidèle. La créature obtempéra et Rodolphe emprunta l'escalier.

Pendant son ascension, le chevalier Rodolphe passa à côté de vitraux aux couleurs somptueuses, dans un état de conservation qui détonait avec le reste du bâtiment. Certains bleus étaient si lumineux, si purs, qu'on eut dit des fragments de ciel enchâssés entre les lignes de plomb.

En haut des marches, une nouvelle porte, plus petite, tout en bois, marquait la fin de l'ascension. Rodolphe se munit de la clé qu'il avait trouvée plus bas, et la fit jouer dans la serrure : un cliquetis rassurant s'éleva, et la porte pivota sur ses gonds.

La nouvelle pièce, sans surprise, présentait un plan circulaire. La partie centrale était délimitée par une rambarde en laiton très basse, qui arrivait aux mollets de Rodolphe. Les murs s'ornaient de scènes champêtres peintes dans des tons chauds, toujours à l'intérieur de grands médaillons ronds. La seule fenêtre de la pièce, d'ailleurs, dessinait elle aussi un cercle de lumière parfait face à la porte d'entrée.

À l'intérieur de la partie centrale régnait un véritable capharnaüm : pelotes de laine, verres en métal argenté ou en cristal, plusieurs vases garnis de fleurs séchées, une table translucide sur des pieds dorés… Et au milieu, le visage à moitié mangé par l'ombre, se tenait Abondance. Cette fois, il s'agissait de la vraie : son corps n'était plus diaphane, mais tout aussi tangible que celui de Rodolphe. Au moment où il s'approchait d'elle, sans se retourner, elle dit :

– Enfin !

CHAPITRE SEPT

La méprise

Hiroki jeta un regard inquiet à Emiko. Il avait vécu les dernières minutes en oubliant presque qu'il ne s'agissait pas d'une partie de jeu vidéo ordinaire.

– Tu crois que c'est elle ? demanda Emiko.

– J'en suis certain, oui. Je vais lui parler. Bizarre qu'elle ne bouge pas.

Il tapota les boutons de sa manette, et forma la phrase :

– *Midori ? C'est bien toi ?*

– *Oui, c'est moi, Hiroki.*

La réponse s'était affichée presque instantanément, comme si à l'autre bout, l'énigmatique joueuse pouvait matérialiser sa pensée aussi vite qu'elle lui venait.

— Quel est cet endroit ?

— Il n'a pas de nom : c'est ici que je me suis retrouvée quand c'est arrivé.

Emiko et Hiroki comprirent qu'elle faisait probablement allusion à un événement important, mais ils ignoraient lequel. Ils examinèrent la scène avec plus d'attention. La fenêtre ronde, au loin, laissait en effet apparaître quelques-unes de ces taches noires déjà aperçues plus tôt.

Hiroki chercha l'inspiration dans les yeux de son amie. Mais elle secoua la tête pour signifier qu'elle ne s'estimait pas plus avancée que lui. Hiroki poursuivit son improvisation, et choisit de jouer franc jeu :

— Qui es-tu ?

Cette fois, la réponse n'apparut pas immédiatement. «Midori» semblait réfléchir un peu plus que d'habitude.

— Je sais que je suis Midori. Mais je ne sais pas ce que je suis.

Cette phrase plongea le garçon dans une perplexité qu'il ne parvint pas à dissimuler. Mais à côté de lui, Emiko ne semblait pas bien avancée non plus.

— Qu'est-ce qu'elle raconte ?

— Je ne sais pas, Hiroki. Les adultes disent parfois des choses bizarres.

— Et en plus, elle me prend pour mon père.

— Tu devrais peut-être lui dire la vérité, non ?

— Ah non, non ! Jamais de la vie ! Ah, attends, je sais :

Il tapa :

— *Midori, pourquoi as-tu besoin d'aide ?*

— *Pour sortir du jeu.*

Emiko et Hiroki n'eurent même pas à échanger une parole : leurs regards ahuris en disaient suffisamment.

— *Je ne comprends pas, tu es dans le jeu ? Tu veux dire, comme ton personnage ?*

— *Oui. Abondance et moi ne faisons plus qu'une, depuis quelques années.*

Hiroki eut un geste d'impuissance, avant de se résoudre à écrire :

— *Explique-moi.*

À l'écran, Abondance, l'avatar de Midori, ne bougeait toujours pas. Et puis, tout à coup, du texte se mit à s'afficher à une cadence folle, si bien qu'Emiko et Hiroki avaient du mal à suivre. Heureusement, tout était écrit en hiraganas – l'un des alphabets syllabiques japonais – et ils pouvaient donc les déchiffrer aisément.

– Je ne sais pas par où commencer. Je ne sais même plus depuis combien d'années réelles tout cela a commencé. Je crois qu'en un sens… je suis morte. Je le sens.

Les deux enfants sursautèrent à la lecture du mot. Ainsi, M. Abe avait raison de penser à la mort de son « amie virtuelle ».

– Si tu es morte, comment peux-tu nous parler ?

– Je ne sais pas. Un jour, alors que je jouais, quelque chose est arrivé. Tu ne te souviens pas ?

Hiroki, bien sûr, ne savait pas quoi dire. Il opta pour une réponse qui n'était que partiellement honnête.

– Non, je n'en ai aucun souvenir.

Emiko réfléchit.

– Demande-lui si elle se rappelle la date précise. Ça peut nous aider à comprendre.

– Bonne idée !

Il tapota :

– *Quand est-ce arrivé ?*

La réponse ne se fit pas attendre. C'était un neuf août, onze ans plus tôt.

– *Et depuis ce jour, tu es… dans le jeu ? Mais qu'est-ce que ça veut dire ?*

– *Je ne peux pas l'expliquer. C'est comme si mon esprit avait été enfermé à l'intérieur du jeu. Qu'il était devenu ma réalité. Ou moi, la sienne, je ne sais pas. Depuis, que j'y suis enfermé, je n'ai pas bougé. Pas d'un millimètre. En fait, Abondance, mon personnage, ne peut pas bouger parce qu'il n'y a personne pour la contrôler dans votre monde.*

– *Tu veux dire, personne pour tenir la manette ?*

– *Oui. Heureusement, avant que l'accident n'arrive, j'avais gagné le sort «corps astral» qui me permet de projeter une image mentale de moi. Et aussi le sort «trouver un allié». Les sorts fonctionnent de manière automatique dans le jeu, ils m'ont amené jusqu'à toi, en pensée, quand tu t'es connecté. Mais la «vraie» Abondance est clouée au sol, indéfiniment. Et moi, à travers elle, tout ce que je peux faire, c'est regarder à travers cette fenêtre et frémir en voyant le brouillard avancer.*

Emiko en fut toute songeuse :

— J'ai l'impression que l'on parle à une folle. Tu y crois, toi, à cette histoire ? Elle serait… un fantôme ? Un fantôme… numérique ?

Hiroki fut bien embêté pour répondre :

— Je ne sais pas. On dirait. Rhaaa, ma pauvre tête !

— Tu devrais peut-être lui parler du brouillard ?

— Tu as raison : ça a l'air de la contrarier.

Il composa :

— *Ce brouillard, qu'est-ce que c'est ?*

Un petit moment passa :

— *C'est quelque chose qui dévore le jeu. Et qui va finir par me dévorer aussi. Depuis que j'ai repris contact avec toi, les choses vont beaucoup plus vite. Le temps presse, maintenant.*

Hiroki tâcha de raisonner au mieux, comme s'il était un enquêteur :

— *Où te trouvais-tu quand c'est arrivé ?*

— *J'étais chez moi, près de l'observatoire de Sendai. Une petite maison perdue dans les bois.*

— *Et tu ne te souviens pas ce qui est arrivé exactement ?*

– *Pas vraiment. C'était la nuit, et il y a eu une lumière très vive tout à coup, que j'ai pu voir alors que je me trouvais au sous-sol. Aucun bruit, cependant. Alors, je n'ai plus senti mon corps. Quelques instants plus tard, c'est difficile à croire, mais… j'étais là, dans ce jeu. À défaut de le sentir, je pouvais encore voir mon corps, sauf qu'il n'était pas fait de chair et d'os. Plutôt d'une sorte… d'énergie. Je suis peut-être morte, mais… je n'imaginais pas l'autre monde comme ça. Il m'a fallu un petit moment pour réaliser l'invraisemblable : mon âme s'était bel et bien retrouvée dans le jeu auquel je jouais quelques minutes plus tôt.*

Les deux enfants se concertèrent tacitement. Après quoi, Hiroki ajouta :

– *Comment puis-je t'aider ?*

– *Je ne sais pas exactement. Mais je sens que la clé se trouve là où c'est arrivé.*

– *Tu veux que j'aille là où tu habitais avant ?*

– *Oui, je t'en supplie Hiroki. Le brouillard avance de plus en plus vite. Bientôt, il va m'engloutir comme le reste. Tu m'aideras, je te connais.*

Emiko se pencha vers Hiroki et lui dit :

— Jette un coup d'œil sur la carte, ça fait un moment que tu ne l'as pas regardée.

Ils sursautèrent. La vaste surface de départ, qui représentait le monde « jouable », avait rétréci comme peau de chagrin. Au nord, au sud, comme à l'est et à l'ouest, elle avait été grignotée par le néant.

— C'est comme si le jeu était en train de s'auto-détruire, constata finalement Hiroki.

— Oui. Bientôt, il est probable qu'il ne restera plus rien.

Hiroki s'étira.

— Hum… Elle a dit qu'elle habitait près de Sendai…

— Mais… nous ne savons pas exactement ce que nous cherchons.

— Non, c'est sûr… Enfin, il s'est sûrement passé quelque chose là-bas à la date qu'elle nous a donnée. Ça nous mettra sur la voie.

— Pas bête. Ton père a un ordinateur ?

— Oui, bien sûr, dans sa chambre.

À cet instant, Daisuke passa la tête dans l'embrasure.

– Quoi ? La chambre de qui ? Fouillez pas dans mes affaires, hein !

– Daisuke ojisan, on parlait de la chambre de mon père !

– Ah, d'accord. Hum, c'est qui, celle-là ?

Il pointait l'écran du doigt.

– Euh, c'est trop long à t'expliquer.

Sans en demander plus, Daisuke se retira pour de bon.

– On ne parle plus à Midori. Elle doit trouver le temps long, remarqua Emiko.

– Hein ? Ah oui, tu as raison.

Hiroki reprit la manette :

– *Pardon de t'avoir fait attendre.*

– *Le temps n'a aucune importance pour moi. C'est une notion purement matérielle.*

Après une pause, Midori reprit :

– *Je crois que tu es la cause du brouillard, indirectement.*

– *C'est-à-dire ?*

– *Tu as remarqué le puits de lumière, dans la cour ? On le voit d'ici.*

– *Ah, oui, mais je n'ai pas osé y aller.*

— Tu as bien fait. Ce puits est la porte entre nos deux mondes. Je ne sais pas de quoi il s'agit en termes scientifiques, hélas... Pendant longtemps, il n'émettait plus de lumière. La colonne a réapparu le jour où tu es retourné dans le jeu, Hiroki. Le passage s'est rouvert grâce à toi. Mais il fait aussi entrer le brouillard.

— Le brouillard vient de chez nous ?

— Je crois, oui.

Voilà qui donnait une fois encore matière à réfléchir aux deux enfants. Continuer à parler à Midori devenait peut-être dangereux.

— Midori, on devrait sûrement te laisser, pour le moment. Nous reviendrons te parler dès que possible.

— «Nous» reviendrons ?

Hiroki venait de prendre conscience de sa maladresse : il n'était pas supposé utiliser le pluriel.

— C'est une façon de parler, mentit Hiroki.

Mais il était trop tard, et le doute s'était installé.

— Tu n'es pas le Hiroki que j'ai connu, n'est-ce pas ? Qui es-tu ?

Hiroki se décomposait sur place.

— Tu devrais lui dire une partie de la vérité, suggéra Emiko.

– Eh bien…

L'image affichée à l'écran avait disparu, et le fatal message d'erreur s'étalait désormais en caractères lumineux.

– Mince ! Mais ça ne va pas du tout, ça ! s'écria Hiroki. Comment on va faire ?

– Elle a dû prendre peur et couper d'elle-même la communication.

– D'accord, mais… Ah, quel idiot ! Tout ça pour un bête petit pronom ! On avançait, tout de même !

Emiko soupira.

– Je pense que je n'ai plus qu'à aller au soutien, alors, maintenant. Dommage, on s'amusait bien.

– Mmm, attends ! Faisons d'abord nos recherches, non ?

– D'accord. Au point où j'en suis !

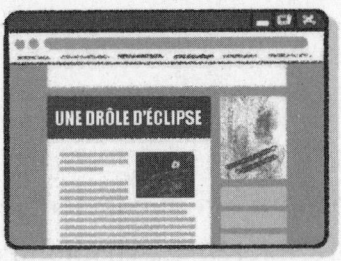

CHAPITRE HUIT

Règlements de comptes

Les recherches, dans un premier temps, ne les menèrent pas à grand-chose. Certes, il s'était passé une multitude de choses le jour en question, mais rien qui pût expliquer le mystère de Midori. En fait, les enfants en furent tellement découragés qu'Hiroki s'apprêta à rabattre l'écran de l'ordinateur paternel. Emiko le retint au dernier moment.

— Attends, je viens peut-être de voir quelque chose !

— Quoi ?

— Là.

Elle pointa son doigt vers un lien qui semblait renvoyer vers un article de presse locale. Le titre était *Une drôle d'éclipse*. Hiroki ne se fit pas prier pour cliquer.

L'article relatait un événement en apparence sans le moindre intérêt. Les habitants d'une petite bourgade au nord du pays avaient pensé assister à un phénomène solaire inédit, quand le jour s'est levé au milieu de la nuit pendant plus d'une minute, avant que les ténèbres ne lui succèdent à nouveau.

– Hum, commença Hiroki.

– Hum hum, renchérit Emiko.

– Tu crois que ça peut être quoi ?

– Aucune idée ! Il faudrait peut-être qu'on aille y faire un tour. L'article dit… oh la la, je ne reconnais pas tous les kanjis.

– Laisse-moi t'aider. Ah, pas simple, en effet. En gros, ça serait un phénomène provoqué par l'observatoire qui est implanté à quelques kilomètres du village en question.

– Ah ! Midori a parlé d'un observatoire ! Tu te rappelles ?

– Oui, oui. On doit être sur la bonne piste. Bizarre, tout de même, qu'on n'en ait pas davantage parlé. Ça avait l'air bien étrange, ce phénomène. Tu es sérieux en disant qu'il faut aller sur place ?

Hiroki hocha la tête.

– Très sérieux. C'est sûrement là la clé du mystère. Ce qui m'ennuie, c'est que Midori ne veuille plus nous parler.

– Ce n'est peut-être pas ça. Le jeu a pu se couper pour d'autres raisons, non ?

– Oui. Tiens, j'entends du bruit en bas…

Hiroki regarda l'heure sur son réveil.

– Ça doit être mon père qui revient du travail.

– En ce cas, je vais aller lui dire bonjour et rentrer chez moi en vitesse.

Ils descendirent tous les deux les escaliers, et trouvèrent en bas le père d'Hiroki, l'air fatigué.

– Bonjour, Abe-san ! fit poliment Emiko.

– Bonjour les enfants.

Il avait prononcé ces paroles distraitement, et s'empressa d'ouvrir la bouteille de soda qu'il tenait à la main.

– Je n'ai pas passé une très bonne journée, dit-il à Hiroki. Ce soir, je te propose de…

On frappa à la porte, et le père d'Hiroki en sursauta presque. Il alla ouvrir en marmonnant des paroles indistinctes, et se retrouva nez à nez avec la mère d'Emiko, qui affichait un sourire gêné.

— Q…quelle bonne surprise, bafouilla-t-il. Puis-je faire quelque chose ?

La mère d'Emiko s'inclina, et timidement, déclara :

— C'est un peu embarrassant, Abe-san. J'avais… Est-ce qu'Emiko est là ?

— Oui, dans le salon, avec Hiroki. Je vous en prie, entrez…

— Non, je ne veux pas vous déranger. Mais… Voilà : Emiko devait assister au soutien scolaire, ces derniers jours. Et je crois qu'elle est restée avec Hiroki pour jouer.

Hiroki, qui observait la scène, eut l'impression qu'il poussait à son père des petites oreilles de chat et qu'il rapetissait.

— Je… Alors ça… Je n'avais aucune idée…

La mère d'Emiko, souriante, tenta d'apaiser sa gêne.

– Non, non, monsieur, ne vous sentez pas responsable. Nous avons tous les deux des vies difficiles, n'est-ce pas ? On ne peut pas être partout à la fois, quand on élève seul son enfant. Seulement, j'aimerais qu'Emiko soit plus sérieuse, à l'avenir. Vous me comprenez, je pense.

Pour le père d'Hiroki, cette dernière phrase eut l'effet d'une déflagration. On l'aurait dit pulvérisé de honte sur place. Il se courba le plus respectueusement qu'il put, et bafouilla :

– Je suis vraiment désolé qu'Hiroki vous ait causé du tort ! Je vais avoir une explication avec lui immédiatement !

La mère d'Emiko leva timidement la main :

– Vraiment, monsieur, ne soyez pas trop dur avec lui. Je voulais juste mettre les choses au point, mais on ne peut pas trop en exiger d'enfants de cet âge. Surtout pendant les vacances ! Peut-être vous et moi aurions-nous fait aussi l'école buissonnière, à dix ans !

Hiroki constata que cette dernière phrase avait définitivement déstabilisé son père. Il pouvait quasiment lire dans ses pensées : la mère d'Emiko avait-elle dit ça à titre d'exemple, ou suggérait-elle d'être plus proche de M. Abe ? Lui-même se posait la question. Il vit qu'à ses côtés, Emiko n'en menait pas large. Il y avait le poids de la culpabilité, la honte d'avoir été prise sur le fait, et peut-être aussi la tristesse de devoir dire adieu à ces bons moments. Tout à coup, Midori lui parut bien loin et il n'avait pas envie que son amie le quitte…

Sans dire un mot, Emiko le dépassa et alla rejoindre sa mère. Celle-ci enfouit tendrement sa main dans ses cheveux, avant d'ajouter :

— J'espère ne pas vous avoir importuné.

— Mais non, pas du tout, c'est nous qui…

Elle coupa court et apercevant Hiroki, figé sur place dans le salon, elle eut un geste et un sourire amicaux pour lui, avant de prendre congé.

La porte se referma et le père d'Hiroki se retourna vers son fils. Le garçon se mit à trembler, anticipant les explications qui n'allaient pas tarder à arriver. Au lieu de l'explosion attendue, Hiroki vit son père se diriger sans un mot dans la cuisine. Il entendit quelques bruits de vaisselle, puis, M. Abe l'appela calmement. Hiroki le trouva assis sur un tabouret, l'air songeur.

– Papa, je…

Son père l'interrompit comme s'il ne l'avait pas entendu.

– Hiroki, mon grand… Est-ce que je fais tout comme il faut ?

Hiroki ne s'était pas attendu à cette question.

– Tout ce qu'il faut ? C'est-à-dire ?

– Parfois, je me demande comment tu grandirais si ta mère était encore là. Tu serais le même petit garçon, tu crois ?

– Je… je ne sais pas, papa.

Le père d'Hiroki soupira.

– Alors, nous voilà bien avancés, toi et moi. J'espère juste que tu es un peu heureux.

– Mais oui, papa, bien sûr.

– Vraiment ?

– Je t'assure.

Abe-san se leva et regarda un point invisible à travers la fenêtre.

– Tu sais si Daisuke est encore là ?

— Il est sorti, mais il n'a pas pris toutes ses affaires.

— Hum… Cela veut donc dire qu'il reste. Bon, très bien.

Hiroki s'éloigna sur la pointe des pieds, et son père le retint :

— Hiroki, au sujet de tout à l'heure… Emiko est la bienvenue quand elle veut, mais il ne faut pas l'empêcher d'aller à l'école.

— C'est les vacances…

— Ce n'est pas à toi de décider comment elle doit occuper ses vacances. Peut-être que j'aurais dû t'envoyer aussi au soutien.

— Oh, papa…

— Pas cette année, rassure-toi. Mais il ne faudra pas me décevoir.

— Non, ça non.

M. Abe acquiesça d'un mouvement imperceptible du menton.

Hiroki se sentit envahi par un sentiment qu'il ne parvenait pas vraiment à définir, entre tristesse, tendresse et nostalgie. Il voulut se serrer contre son père et se retint finalement : M. Abe n'aimait guère les attitudes trop démonstratives. Alors, il tourna les talons et s'apprêta à sortir de la cuisine. Quand il en franchissait le seuil, son père lui dit :

– Ce soir, je vais essayer de préparer quelque chose moi-même. Il faut bien que je m'y mette un jour.

Hiroki lui sourit et monta dans sa chambre.

CHAPITRE NEUF

La proposition de Daisuke

Hiroki feuilletait les pages d'un magazine depuis vingt bonnes minutes quand on frappa à sa porte. Il s'agissait de Daisuke.

– Ça va, gamin ? Ton père est en train de faire la cuisine, j'ai l'impression. Enfin, disons qu'il découpe des légumes et du porc, et fait plein de bruit avec les casseroles. J'espère qu'au final, ce sera bien de la cuisine. Il n'a pas l'air très doué.

Hiroki haussa les épaules.

– Non, mama faisait tout, avant. Il faut bien qu'il apprenne, ojisan.

La remarque amusa Daisuke.

— Tout à fait. Ton père est un brave gars. Il fait ce qu'il peut, je le vois bien.

Il prit un air mystérieux, en faisant un mouvement de tête vers la console éteinte :

— Tu ne joues pas à ton truc ?

— Oh ! Non. Pas… pas pour le moment.

— C'est parce que ta chérie n'est plus là ?

Hiroki devint cramoisi, ce qui ne fit qu'ajouter à l'hilarité de Daisuke.

— Bah, je te taquine. Il s'est passé quoi, aujourd'hui, au juste ?

— Comment ça ? fit Hiroki qui ne comprenait pas de quoi son oncle pouvait bien parler.

— Je connais ton père, et il n'a pas l'air d'être dans son assiette. Et à vrai dire, toi aussi, tu as l'air contrarié.

Hiroki se résolut à raconter la visite de la mère d'Emiko. Il garda pour lui les découvertes qu'ils avaient faites à propos de la mystérieuse Midori : de toutes les manières, Daisuke n'y aurait rien compris. Après ce récit, l'oncle se gratta le menton en émettant une sorte de grognement.

— Bon, je comprends mieux. Tout cela est bien normal. Après tout, c'est le premier été que…

Il s'arrêta, et il sembla à Hiroki que son oncle était tout à coup gagné par l'émotion. Mais cette impression fut bien brève. Bientôt, Daisuke ajouta :

— Est-ce que ça te plairait si je t'emmenais faire une petite virée avec moi ? On part tous les deux, où tu veux, on oublie tout. Pendant ce temps, ton père reste bien tranquille. Il en a sûrement besoin aussi.

Hiroki ne sut pas, tout d'abord, s'il s'agissait d'une bonne ou d'une mauvaise opportunité. Et puis, il réalisa qu'il tenait là l'occasion de se lancer à la recherche de Midori. Tout excité, il déclara :

— Ça me ferait très plaisir, Daisuke ojisan.

— Vraiment ? Tu as mis le temps à répondre, pourtant ! Tu es comme ton père, tu ne t'enthousiasmes pas facilement, hein ? Ah, les intellos ! Bon, mais il faut encore que ton père me donne l'autorisation, je ne vais pas te kidnapper, tout de même.

— Oh, ça m'étonnerait que papa refuse !

*

– Quoi ? Une « virée » tous les deux ? Jamais de la vie ! Et puis quoi encore ?

M. Abe, les bras croisés, promenait son regard d'Hiroki à son oncle. Hiroki paraissait dépité, et Daisuke ne s'était pas départi de son éternel sourire en coin.

– C'est quoi, le problème, Takumi ? Tu as peur que je m'occupe mal de ton fils ?

– Mais c'est une certitude ! vociféra M. Abe. Tu n'as aucune expérience avec les enfants !

Cette dernière exclamation eut l'air d'ébranler un peu l'assurance de Daisuke. Mais bientôt, il renchérissait :

– Oh, ça va, arrête un peu. Hiroki ne risque rien avec moi.

Il tapota son biceps droit l'air faraud. L'argument n'intéressa pas outre mesure M. Abe.

– Voyez-vous ça ! De toutes les manières, ce n'est pas de toi que j'ai peur, mais des gens que tu fréquentes ! Je n'ai aucune envie de voir Hiroki trainer avec des… des…

Daisuke éclata d'un rire gras et sonore.

– Tu t'en fais toujours pour rien, mon pauvre Takumi. Peut-être que tu lis trop de livres, ou que tu regardes trop de films. Détends-toi un peu.

M. Abe se mit à tourner en rond, comme s'il était un chat excité par une balle ; mais ce qu'il chassait, en cet instant, c'était la bonne réponse à donner.

– Tu n'as pas une intention bizarre derrière la tête ? finit-il par demander.

– Bizarre ? Mais tu te prends pour la police, ma parole. Je veux juste que ton fiston profite un peu de son été, et ne reste pas toujours dans sa chambre à regarder un écran !

– Hum… Je ne peux pas te donner tort là-dessus. Mais je pensais l'inscrire à un cours de karaté, et…

Daisuke eut un air dégoûté :

– Bah, ils n'y connaissent plus rien, les profs d'aujourd'hui. Je peux lui apprendre moi, je suis ceinture noire, tu sais.

– Je croyais que tu avais fait du kendo…

– Oui, aussi. Allez, ne fais pas ton grincheux ! Une journée, ce n'est pas la fin du monde, non ?

M. Abe se mit à se tapoter le crâne avec les poings. Finalement, il explosa :

– Allez, allez ! De toutes les manières, quoi que je décide, ce sera la mauvaise décision. Autant être fataliste ! Vas-y, emmène-le. Mais vous avez intérêt à être de retour en début de soirée ! Et je te préviens : s'il lui arrive quelque chose, je t'étrangle de mes mains !

Daisuke acquiesça d'un air à la fois entendu et ironique, qui semblait signifier «j'aimerais bien t'y voir».

M. Abe, un peu dépité, demanda :

– Tu comptes l'emmener où ?

– Pas d'idée précise. Mais lui en a peut-être une ?

Hiroki ne savait s'il devait abattre ses cartes tout de suite, et encore moins comment. Il se contenta de dire qu'il allait y réfléchir.

– Bon… passons à table. J'espère que ce sera bon, pour une fois que je m'y colle.

*

Hiroki, face contre terre, bras tendu, poussa finalement un petit cri de victoire. Ses doigts venaient d'atteindre le paquet de chips coréennes aromatisées à la pieuvre qu'il s'était rappelé avoir fait tomber derrière un meuble de sa chambre. Une fois assis, il en croqua une : elle était un peu ramollie, mais toujours savoureuse. Il avait prétexté un léger ballonnement pour ne pas avoir à finir le plat immangeable préparé par son père, et disparaître sans le vexer. Seulement, maintenant, il mourait de faim.

À présent que son cerveau s'était remis à fonctionner à peu près normalement, il se mit à réfléchir à la suite. Il avait désormais l'alibi de Daisuke pour aller où il voulait, et quelque chose lui disait que son oncle n'allait pas lui faire de grandes difficultés. Restait encore une inconnue : Emiko. Il n'était pas question de partir à la recherche de la mystérieuse Midori sans elle. Mais depuis le début de la soirée, la situation s'était compliquée. Allait-il falloir l'enlever ? Cela risquait de causer des problèmes à tout le monde. C'est alors qu'une idée commença à germer dans sa petite tête. Oui, cela pouvait fonctionner, même si c'était dangereux. Tant pis : il n'y avait pas d'autre solution.

Quid de Midori ? Avait-elle vraiment décidé de rompre le contact ? Hiroki allait vite le savoir : il suffisait d'allumer la console.

Comme il le craignait, une fois le jeu chargé, rien ne se lança. Le message d'erreur restait affiché, comme un présage fatal. Hiroki sentit son cœur battre plus vite, et il se résolut à attendre.

Ce ne fut qu'une heure plus tard que quelque chose se produisit. Hiroki poussa un soupir de soulagement en découvrant Rodolphe et Abondance-Midori là où ils les avaient laissés.

– *Hiroki...* commença Midori.

– *Je pensais que tu ne voulais plus me parler.*

– *J'ai eu peur. Je ne sais plus quoi penser. Qui es-tu ? Pourquoi m'as-tu menti ?*

Hiroki hésita.

– *J'aurais dû dire la vérité tout de suite. Je m'appelle bien Hiroki, mais celui que tu as connu était mon père. Qui ne s'appelle d'ailleurs pas Hiroki.*

Midori attendit un moment avant de répondre.

— *Son fils ? Quel âge as-tu ?*

— *Dix ans.*

— *Dix ans. Il s'est donc écoulé dix ans.*

— *Depuis… la dernière partie de mon père ? Un peu plus, il me semble. Plutôt douze.*

Hiroki crut presque voir Abondance soupirer. Sans doute était-ce là une illusion.

— *Pourquoi ton père ne m'a-t-il pas donné son vrai nom ? Midori, c'est bien mon nom.*

— *Eh bien, je ne sais pas. Il voulait sûrement protéger sa vie privée. Et puis, ce n'était pas un gros mensonge, non ? Vous ne vous connaissiez pas « en vrai ».*

— *En vrai… Je ne sais plus ce qui est vrai et ce qui ne l'est pas, Hiroki. Tu as sans doute raison.*

Plusieurs secondes passèrent, après quoi Midori déclara :

— *Tu as vu ? Le brouillard avance vite.*

— *J'ai vu. Ne t'inquiète pas : on arrive pour te sauver.*

— *« On » ?*

— *Oui, mon amie Emiko et moi. Et… mon oncle. En fait, lui, il n'est au courant de rien. Il nous accompagne juste. On avait besoin d'un adulte pour le voyage, c'est tout.*

— Sais-tu seulement où tu dois aller ?

— Je crois que oui. Vers Sendai, c'est ça ?

— Oui : j'habitais dans une petite maison au milieu des bois, tout près de l'observatoire de Sendai. Il y en avait cinq ou six comme la mienne, à cet endroit, à l'écart d'un village un peu plus important. Mais il ne faut pas prendre la route principale pour y accéder, sans quoi, vous ne trouverez jamais. Note bien ce qui va s'afficher...

Hiroki obéit et quand il eut fini de retranscrire les indications, il ajouta :

— Ne t'inquiète pas, nous allons te retrouver, Midori-san, c'est promis.

— Hiroki... Peut-être vas-tu là-bas pour rien. Peut-être n'y a-t-il plus rien à faire pour moi.

— Il faut essayer, non ?

— Oui, et je t'en suis reconnaissante. Ma vie est donc désormais entre les mains de deux enfants de dix ans ?

— Et aussi de mon oncle ! Ah, tu ne connais pas mon oncle. C'est vraiment quelqu'un sur qui on peut compter. Un vrai dur, très sérieux !

— Alors...

CHAPITRE DIX

En route pour Sendai

– Bonjour, madame ! Je suis l'auxiliaire de vie scolaire de l'école d'Emiko.

Daisuke avait prononcé ces mots avec tellement d'aplomb que la mère d'Emiko en resta interdite.

– Oh… Est-ce qu'il y a quelque chose de grave, monsieur… monsieur…

– Matsumoto. Non, rien de grave.

– Je sais qu'Emiko a manqué le soutien, mais…

– Il ne s'agit pas de ça, fit Daisuke avec gravité, toujours sur le pas de la porte. Emiko est-elle prête ? Car il y a un petit changement de programme et nous n'avons pas réussi à vous joindre hier soir.

– Vraiment ? Mon téléphone ne m'a pas…

— Peu importe, écourta Daisuke. Voilà : une sortie scolaire a été organisée un peu à la dernière minute, et n'ayant pu réussir à vous prévenir, je venais me charger de conduire moi-même Emiko jusqu'à la gare. C'est là que le rendez-vous a lieu.

La mère d'Emiko s'en trouva soulagée.

— C'est tellement aimable à vous, Matsumoto-san ! Je vais chercher Emiko. Vraiment, je suis navrée de vous avoir fait déplacer, mais je vous assure que mon téléphone...

— Oubliez cela. L'essentiel est qu'Emiko puisse venir et... ah, la voilà qui arrive !

Emiko parut derrière sa mère et découvrant Daisuke sur le perron, ouvrit grand la bouche. Mais l'oncle d'Hiroki ne lui laissa pas le temps de faire la moindre gaffe :

— Bonjour Emiko. Tu dois te souvenir de moi ? Je suis le directeur d'études. Il y a une sortie scolaire aujourd'hui, et je vais te conduire à la gare.

Emiko fit errer son regard entre sa mère et l'énergumène sur le pas de la porte, et rassemblant ses esprits, déclara gaiment :

— Je me souviens de vous, bien sûr! Merci beaucoup d'être venu me chercher, monsieur.

— Ne perdons pas de temps, surtout. Madame, je vous laisse finir de vous préparer, nous ne devons pas rater le train.

— Je vous suis infiniment reconnaissante, Matsumoto-san.

— Il n'y a vraiment pas de quoi. Bonne journée, madame.

« Vraiment pas de quoi », répéta Daisuke alors que la porte se refermait.

— Dites donc… commença Emiko.

— Pas maintenant, répliqua Daisuke à voix basse. Avance!

Ils progressèrent aussi naturellement que possible pour atteindre une impasse, deux rues plus loin. Là, Hiroki les attendait caché derrière une poubelle.

— *Sugoi!* s'exclama-t-il. Vous avez réussi!

— Vous êtes vraiment fous, tous les deux! lâcha enfin Emiko. Quand ma mère comprendra, elle va être furieuse!

— Mais tu es venue, non? répondit Daisuke en

faisant un clin d'œil. Alors c'est que tu en avais envie. On ne me la fait pas, à moi !

Emiko leva un sourcil :

— Disons que j'étais curieuse de voir ce que vous maniganciez.

Daisuke éclata de rire :

— On ne manigance rien, à part une petite virée entre jeunes, ah ah ah !

Emiko en changea d'expression :

— Une virée ? Où donc ?

— On part à la recherche de Midori ! s'exclama Hiroki.

— Hum… C'est loin, tout ça, non ?

— Oui, mais on va prendre le train.

— Ah ! Il y avait au moins cela de vrai, alors. Combien ça…

Daisuke se frappa la poitrine :

— C'est moi qui invite, ne t'en fais pas. Allez, ne trainons pas !

— Quelque chose me dit que je vais le regretter, gémit Emiko.

Et ils prirent la direction de la gare.

*

La gare d'Hitachi était un bâtiment moderne et élégant, lumineux avec ses grandes façades vitrées, située à peu près au milieu de la ligne Joban. Depuis cette station, on pouvait rallier le sud ou le nord du pays en longeant plus ou moins la façade maritime est.

Daisuke déclara :

— En ce moment, on ne peut pas s'arrêter entre Tomioka et Namie. Mais tu veux aller plus au nord encore, c'est ça, gamin ?

Hiroki hocha la tête en signe d'approbation.

— Bon. Je me demande bien ce que tu veux aller fabriquer là-bas, mais si c'est ton idée…

Ils avancèrent jusqu'à l'intérieur de la gare, puis se dirigèrent vers une billetterie automatique. C'est alors que Daisuke se figea. Il tâcha d'adopter un air détendu, trop tard : les enfants avaient compris que quelque chose se passait.

— Daisuke ojisan ? Que… ?

– Rien du tout. Mmm, prenons un autre guichet.

Ils firent demi-tour, tandis que Daisuke jetait des petits regards nerveux par dessus son épaule.

Hiroki insista :

– Tu as vu quelque chose ?

– Non, que vas-tu imaginer ? Par là…

Il poussa les deux enfants jusqu'au guichet le plus éloigné, puis se mit à fouiller dans ses poches.

– Ah, ce n'est plus très bon marché, grommela-t-il. Ce n'est pas grave, je suis en fonds, en ce moment.

Une fois les billets achetés, il balaya en plissant les yeux, puis lut les horaires.

– Ah, parfait ! Il y a un train qui part dans… dans deux minutes ! Courez, les mioches, courez !

Il les entraîna par la manche en pressant le pas jusqu'au quai. Le train, songea Hiroki, avait une tête de gros insecte. Il aurait rêvé d'emprunter le Shinkansen, le train à grande vitesse qui sillonnait le pays, mais il allait falloir se contenter de ce véhicule plus modeste.

La petite troupe eut juste le temps de monter à bord ; les portes étaient sur le point de se refermer. À ce moment, Hiroki perçut une petite agitation sur le quai. Il était difficile de déterminer exactement de quoi il s'agissait, car le train s'ébrouait déjà pour s'arracher au quai. Il eut l'impression d'entendre un choc, comme si on frappait à la portière, et se retourna vers Emiko et Daisuke. Ce dernier s'épongeait le front d'un air soulagé, tandis qu'Emiko avait l'air aussi intriguée que le garçon. Ils allèrent occuper la première banquette libre.

– Eh bien, les mioches, c'était moins une, n'est-ce pas ?

– Moins une pour quoi *exactement* ? demanda Hiroki d'un air soupçonneux.

La question n'eut pas l'air d'enchanter Daisuke, qui répliqua, un peu gêné :

– Eh bien… pour attraper le train, quoi d'autre ?

– Oh, rien. C'est juste que… Ah, non rien.

Daisuke n'insista pas, trop heureux de noyer le poisson. Hiroki, pour sa part, en était à présent certain : Daisuke était poursuivi.

Emiko regarda sa montre :

– Nous en avons pour un petit moment, je pense. Au moins trois heures, n'est-ce pas ?

Daisuke acquiesça.

— Je ne vois vraiment pas comment nous pourrons être rentrés à temps pour que ma mère ne s'aperçoive de rien.

— Ah, ne t'inquiète pas, ricana Daisuke. J'en fais mon affaire, je te promets ! Tu ne connais pas le vieux Daisuke. Rusé comme un renard ! Je l'appellerai si besoin…

Il tapota la poche de son veston d'un air contrarié, puis plongea les mains dans ses poches. Il recommença l'opération trois fois, avant de grommeler :

— Mon téléphone ! Je crois que je l'ai posé sur un rebord au moment de prendre les billets, et j'ai dû oublier de le reprendre. Ah, quel imbécile !

— Vous aviez l'air d'avoir l'esprit ailleurs, Daisuke-san, souffla Emiko.

Daisuke ne tint pas compte de la remarque et ajouta :

— Bon, vous, vous faites ce que vous voulez, mais moi, je compte bien me taper une petite sieste pendant la route. C'est ennuyeux à mourir, les voyages en train ! Rendez-vous tout à l'heure, les gamins.

Daisuke défit les boutons de son veston, puis s'affala littéralement sur le siège. Deux minutes plus tard, il ronflait déjà.

— Je n'ai jamais vu quelqu'un s'endormir aussi vite, remarqua Emiko.

— Moi non plus, mais Daisuke ojisan n'est vraiment pas n'importe qui.

Hiroki approcha son visage de celui de son oncle, avant d'ajouter :

— Je crois qu'il est vraiment endormi. Bon…

— Tu as quelque chose à me dire ?

— Oui. Tu n'as rien vu de bizarre, au moment de monter dans le train ?

— Je n'ai pas fait attention, Hiroki. En revanche, j'ai bien vu que ton oncle était très nerveux.

— Oui, j'ai l'impression qu'il… qu'il cherche à tout prix à éviter quelqu'un. Tu sais, il a souvent répété qu'il était…

Hiroki s'arrêta, rentra la tête dans les épaules, et se pencha vers Emiko en chuchotant :

— Un *yakuza*.

Emiko mit une main devant sa bouche :

— Oh ! Tu crois que…

— C'est presque sûr ! Il devait y avoir une bande rivale dans la gare. Ils sont sûrement à ses trousses.

— Alors… Ils peuvent nous avoir suivis, non ?

Hiroki secoua la tête d'un air assuré, comme s'il avait déjà vécu cette situation mille fois auparavant.

— Ne t'inquiète pas, nous sommes montés dans le train à temps. Je crois qu'ils ont essayé de taper contre la porte, mais elle ne pouvait déjà plus s'ouvrir. Nous sommes en sécurité dans le train, et a priori, aucun moyen de savoir où nous descendons.

— N'empêche, j'ai peur pour le retour.

— Là encore, ils ne peuvent pas savoir quel train nous prendrons. Tout devrait bien se passer.

Emiko leva les yeux au ciel.

— Et dire que j'aurais pu être à l'école, en ce moment ! En sûreté.

*

Daisuke avait mis sa menace à exécution : si l'on mettait de côté quelques réveils sporadiques, il avait dormi comme un bienheureux durant tout le trajet jusqu'à Iwanuma. Mais le périple n'était pas encore terminé : de là, il fallait encore rejoindre la gare de Sendai en empruntant la ligne Tohoku sur une vingtaine de kilomètres. Daisuke avait ouvert un œil une minute avant le changement, comme si son horloge interne l'avait alerté.

— On y est presque, les gamins. Vous voulez boire ou manger quelque chose ? On a quelques minutes.

Hiroki et Emiko ne se firent pas prier. Quelques minutes plus tard, ils étaient chacun en possession d'un *okiben*, ces boites-repas que l'on ne peut acheter que dans les gares ou directement à bord des trains. Celle que Daisuke s'était réservé avait en plus la particularité d'être auto-chauffante ; les deux enfants avaient choisi des aliments froids pour leur propre boite, et n'avaient donc pas besoin d'un tel raffinement. Ils s'installèrent dans le train suivant aux côtés d'autres passagers qui, comme eux, s'apprêtaient à se régaler de leur *okiben*.

— Vous ne m'avez toujours pas bien expliqué ce que l'on va fabriquer si loin d'Hitachi, maugréa Daisuke. Ce n'est pas tout à fait l'idée que je me faisais d'une petite virée en famille. Tu m'as dit que tu voulais aller où, exactement ?

Hiroki tendit un papier à Daisuke, où il avait noté l'adresse donnée par la spectrale Midori.

– Hum… On sera obligé d'y aller par la route ! Ça m'a l'air très loin de tout moyen de transport. Pas grave, on louera une voiture pour la journée.

Cette formalité fut vite réglée à la gare de Sendai ; Daisuke n'aimait pas perdre de temps. Au bout de vingt minutes, ils quittaient déjà l'hypercentre de Sendai, ses tours et ses rampes de voitures, pour s'enfoncer dans la campagne environnante.

La route, étroite, permettait de voir une végétation dense qui s'ébattait au-dessus des remparts bétonnés. Daisuke conduisait la voiture avec nonchalance, tout en sifflotant un vieil air.

– C'est très différent de par chez nous, remarqua Hiroki.

– Oui, presque un autre climat, acquiesça Daisuke. Mais je ne sais toujours pas où je vous emmène ni pourquoi.

Hiroki échangea un long regard avec Emiko ; il ne risquait plus grand-chose à dire la vérité, du moins en partie. Il se lança :

— C'est une histoire très compliquée, Daisuke ojisan. Et tu ne vas sûrement pas me croire.

— Eh bien, dis toujours, on verra bien !

— Hum… Eh bien voilà, ojisan. Nous partons à la recherche d'un fantôme. Un fantôme qui vit dans un jeu vidéo.

Daisuke ne répondit rien, et on ne pouvait lire aucune expression sur son visage. Il tira une cigarette de sa poche, ouvrit la fenêtre, et fit claquer son briquet. Après une ou deux taffes, il déclara :

— Tu es vraiment aussi dingue que ton père et ta mère. Un fantôme ?

— Oui. Une personne qui a connu papa quand il était plus jeune, avant que je naisse, et qui habitait là où nous allons. Et cette personne me parle à travers le jeu que tu as vu.

Daisuke rejeta un rond de fumée parfait.

— Bon, je ne veux pas en entendre davantage. Si ça t'amuse de croire à tout ça. Tu y crois aussi, Emiko ?

– Oui, Daisuke-san. J'en suis convaincue, désormais.

– Hum… vous avez trop la tête dans vos écrans et vos jeux, les jeunes. Ça vous tape sur le système ! Mais si vous êtes heureux comme ça. Après tout, nous, quand on avait votre âge, on avait d'autres moyens de voir des trucs bizarres, ah ah ah !

Hiroki et Emiko jugèrent préférable de ne pas creuser le sujet.

Après une dizaine de minutes, Daisuke emprunta un embranchement et la route se rétrécit. Il foudroya du regard l'ordinateur de bord, qui affichait leur itinéraire :

– Ce machin doit être détraqué. Il nous fait passer sur une drôle de route.

C'était vrai : la voiture roulait maintenant sur un chemin de campagne, qui semblait tellement hors du temps qu'Hiroki avait du mal à réaliser que le centre-ville de Sendai ne se trouvait qu'à quelques kilomètres.

– Ah, je le sentais ! explosa Daisuke.

Devant eux, une barrière avait été dressée sur toute la largeur de la chaussée. Le panneau «zone interdite » qui pendait au beau milieu avait l'air d'être déjà un peu ancien. Daisuke se gara sur le bas-côté et tout le monde sortit de la voiture.

— On peut peut-être continuer à pied ? suggéra Hiroki, à la fois déçu et anxieux.

— Petit acharné ! Il n'y a rien par ici, ça se voit, non ?

— Bizarre que cette route soit barrée, fit Emiko en croisant les bras. Comme ça, tout à coup…

— Je voudrais quand même que l'on aille jusqu'à l'adresse que je t'ai montrée, ojisan.

— Oui, oui, de toutes les manières, on n'a pas fait tout ce chemin pour rien. C'est parti. Mais je te préviens, si on m'abîme la voiture de location et que je dois payer la caution, je me rembourse avec ton argent de poche !

« Tu n'iras pas loin avec », pensa Hiroki de façon si évidente que son oncle lui envoya une œillade.

Alors, ils empruntèrent la route au-delà de la barrière, qui partait en lacets entre les arbres d'un bois au feuillage si dense que la lumière n'y pénétrait qu'à grand-peine.

CHAPITRE ONZE

Les bois perdus

Hiroki comprit petit à petit pourquoi l'endroit avait rendu son oncle tellement nerveux. Il régnait dans cette espèce de sous-bois un calme déconcertant ; pas un bruissement, pas un souffle d'air, pas le moindre chant d'oiseau. Le temps paraissait suspendu, et chaque pas devenait curieusement laborieux, pénible. Daisuke était resté en arrière, dans la voiture, pour surveiller toute arrivée impromptue ; son absence commençait à peser sur le moral des enfants, qui auraient bien eu besoin de son assurance en ces instants. Ils avaient convenu de revenir au bout de vingt minutes, après quoi, Daisuke devait considérer leur retard comme une alerte.

– Je me demande ce qui s'est passé ici, observa Emiko.

– Tu penses qu'il s'est passé quelque chose?

– Oui, c'est évident. Il n'y a plus un seul animal. Et regarde les feuilles des arbres.

Hiroki y prêta un peu plus attention, pour découvrir que leur extrémité avait été comme grignotée. Et une frange de couleur bleue courait sur tout leur contour. Même l'écorce des troncs et des branches présentait des traces noirâtres, comme si un feu l'avait léchée.

Tout à coup, un grincement lointain mais soutenu les fit sursauter tous deux. Ils levèrent la tête: au loin, perchée sur une petite butte, l'immense parabole qui coiffait l'observatoire pivotait. On aurait dit qu'un animal géant, gardien des lieux, cherchait à repérer les intrus.

Finalement, Emiko poussa un cri de victoire et tendit la main: devant eux, derrière un bosquet un peu moins dense, on devinait les murs d'une maison moderne. Plus ils avançaient, plus la scène leur apparaissait clairement. Il n'y avait pas une mais plusieurs maisons quasiment identiques, réparties sur une grande surface de terre battue. De là, une route se frayait un chemin à travers le bois, et menait vraisemblablement à l'observatoire. La nature avait commencé à y reprendre ses droits de façon anarchique, et une voiture aurait eu du mal à l'emprunter.

Une fois plus proches des bâtiments, ils se rendirent à l'évidence : plus personne ne vivait ici depuis probablement bien longtemps. Les murs étaient abîmés, certaines fenêtres brisées, et il se dégageait de l'ensemble une impression d'abandon qui donnait la chair de poule.

— Je crois que nous sommes enfin arrivés ! souffla Hiroki. La maison de Midori doit être une de celles-ci.

— Quel drôle d'endroit, répéta Emiko. Je me demande si…

Elle s'arrêta net et attrapa Hiroki par la manche pour l'attirer contre un mur. Elle plaqua une main sur sa bouche : quelqu'un d'autre était là. La personne en question traversa leur champ de vision d'un pas nonchalant. C'était un monsieur aux cheveux gris, portant un uniforme aux reflets métalliques et une casquette. Son visage était cependant caché par un étrange appareil, semblable à un respirateur. Visiblement absorbé par ses pensées, il ne remarqua pas les enfants. Hiroki ne put s'empêcher de noter qu'il portait un pistolet à sa ceinture. Le garçon frissonna, et ne reprit son souffle que lorsqu'il jugea l'homme suffisamment loin.

— Bon, il n'avait pas une tête bien féroce, commenta Emiko.

— Non, mais il a quand même l'air de garder cet endroit. Je ne pense pas que nous soyons les bienvenus! Où se trouve la maison de Midori, d'après toi?

Emiko demeura pensive, et déclara finalement :

— Je ne sais pas : peut-être y a-t-il des noms inscrits sur les boites aux lettres?

— Je ne connais pas son nom de famille.

— Tu ne lui as pas demandé?

— J'ai oublié. Mais elle aussi, elle aurait pu y penser!

— Mouais… Bon, espérons que l'on pourra s'aider du prénom.

Mais ce n'était pas le cas ; ni prénom, ni nom en réalité. Les maisons ne comportaient que des numéros. Hiroki en fut tout abattu. Ils restèrent un moment immobiles, à observer les maisons vides. Tout à coup, Hiroki se mit à avancer vers l'une des demeures d'un pas pressé. Parvenu devant la porte, il se fixa sur un écusson accroché juste au-dessus de la sonnette.

– C'est là, fit-il avec assurance, alors qu'Emiko l'avait rejoint. Midori est ici.

– Pourquoi en es-tu si sûr ? Oh !

Elle venait, à son tour, de découvrir l'écusson. Celui-ci portait le symbole de la Triforce. Ce même symbole que le propre père d'Hiroki avait reçu en cadeau de la part de son épouse défunte, et qu'il portait naguère au cou. Cela ne pouvait être une coïncidence : c'était là la maison d'un joueur acharné. Ou d'une joueuse.

Emiko tourna la poignée de la porte, qui lui résista.

– Évidemment, c'est fermé à clef. Tu crois qu'il y a un autre moyen d'entrer ?

– Je ne sais pas? Une fenêtre, peut-être?

– Heeee? Méfiance, il ne faut pas faire de bruit!

La maison avait beau être en béton et de construction moderne, elle possédait toutefois ces fenêtres coulissantes de style *shoji*, typiques au Japon. Encore fallait-il qu'elles puissent être manipulées de l'extérieur.

Sur le flanc gauche de la maison, Emiko et Hiroki firent chou blanc. Ils attaquèrent alors l'aile droite, avec plus de succès: la fenêtre était restée entrouverte. Hélas, pas suffisamment pour que l'on puisse s'y glisser.

– C'est coincé! gémit Hiroki.

– Je vais t'aider à tirer.

Ils joignirent leurs forces pour manipuler la fenêtre; elle se mit à bouger, mais offrait beaucoup de résistance. Et au loin, la silhouette du gardien refit son apparition.

– Aaaaah, il faut se dépêcher, Hiroki!

– J'ai vu! Tire plus fort!

– Comme si c'était moi qui n'avais rien dans les bras!

Ils redoublèrent d'efforts, tout en gardant un œil inquiet sur le gardien qui n'allait probablement pas tarder à venir dans leur direction. La fenêtre bougea encore un peu, lentement, et puis, un petit claquement se fit entendre. Alors, elle coulissa d'un coup en position ouverte, si brusquement que les enfants tombèrent à la renverse.

– Rentrons, allons-y !

Une fois à l'intérieur, ils refermèrent la fenêtre autant que possible. Enfin, ils se mirent à observer les lieux.

Il s'agissait d'un intérieur peu fantaisiste, sans surprise. Hiroki s'en trouva un peu déçu. Mais quelque chose qu'il ne parvenait pas à définir le mettait mal à l'aise. Comme toujours, ce fut Emiko qui sut y mettre les bons mots :

– On dirait que cette maison est figée dans le temps. Regarde : il y a une tasse sur le bord de la table, des chaussures dans le *genkan*[1].

---

1. L'endroit, dans une maison japonaise, où l'on se déchausse.

Hiroki s'approcha de la tasse en question : à sa grande stupeur, elle était encore remplie de café. Et plus troublant encore : le café était chaud. Il en sursauta :

— La maison est peut-être encore occupée, alors ?

— Je ne sais pas, répondit Emiko, perplexe. J'ai un peu peur, je crois.

— Moi aussi, admit Hiroki. Allez, viens ! Il faut trouver Midori.

La maison, de plain-pied, fut vite visitée.

— Bon. Je me suis peut-être trompé. Midori n'est pas dans cette maison.

Emiko ferma les yeux, en proie à un énorme effort de concentration. Et tout à coup, elle explosa :

— Ah ! Je sais !

— Tu m'as fait peur ! Ça ne va pas de crier comme ça ? Tu sais quoi ?

— Midori nous avait dit qu'elle avait vu une lumière alors qu'elle se trouvait… au sous-sol !

Le visage d'Hiroki s'éclaira :

— Mais oui ! Tu as raison ! Il doit y avoir un accès quelque part, qu'on ne voit pas !

— Cherchons bien !

Ils se mirent à farfouiller encore, sans succès. Rien sur le plancher et, apparemment, rien sur les murs. Et puis, au bout de plusieurs minutes, Emiko avisa alors une sorte de kakemono qui courait sur toute la hauteur d'un des murs de la cuisine. Une scène champêtre occupait la surface de la toile. La petite fille s'approcha, écarta le tissu du mur, et poussa un cri de triomphe. Le kakemono dissimulait une porte, basse et étroite.

Hiroki, bien que passablement excité, eut l'air perplexe :

— C'est… un placard à balais, non ?

— Qui sait ? Vérifions !

Emiko avait vu juste : derrière la porte se trouvait un escalier donnant accès à une partie souterraine. On n'y voyait goutte, mais Hiroki ne tarda pas à repérer un interrupteur qui éclaira faiblement les marches. Les deux enfants se regardèrent :

— Hiroki, j'ai peur…

— Franchement ? Moi aussi. Mais maintenant qu'on l'a trouvée, il faut regarder ce qu'il y a derrière. Tiens-moi la main !

Ils descendirent ainsi sous la maison, et découvrirent une pièce grande comme un petit salon. Elle comportait un divan, qui leur offrait son dos, et devant lui étaient installés un téléviseur et divers appareils électroniques. Des rayonnages sur les murs montraient un alignement impressionnant de jeux vidéo, soigneusement rangés dans leur boite. Hiroki aurait été curieux de les découvrir s'il n'avait pas été aussi effrayé.

— Une salle de jeux, lâcha Emiko, songeuse.

— Oui, et regarde : il y a une GeoNec 3. Je suis sûr que si on regarde à l'intérieur, on verra que c'est le disque de *Kogen* qui est installé.

— Midori vivait donc bien ici !

— Ça en a l'air. Plutôt sympa, son coin jeu ! J'aimerais bien avoir la même chose à la maison.

— Arrête, ton père ne te reverrait que pour les repas. Et encore…

Plusieurs choses se produisirent alors, à quelques instants d'écart. Il y eut, tout d'abord, un nouveau grincement, à peine audible maintenant que les enfants étaient sous terre ; ensuite, l'écran du téléviseur s'alluma, et la console émit son ronflement familier alors que le disque qu'elle contenait se mettait à tourner ; enfin, une image apparut à l'écran. C'était Abondance, l'avatar de Midori, toujours plantée au même endroit dans son donjon.

— Bonsoir ! fit une voix en provenance de l'écran.

Les enfants se serrèrent l'un contre l'autre, terrorisés.

— Mi… Midori ? murmura Hiroki.

— Je suis là. Vous m'avez trouvée, répondit le personnage.

— Mais tu es… euh… dans l'écran ? Tu nous entends ?

— Je vous entends. Et je ne vous vois pas, mais je vous sens.

Derrière Abondance, le décor avait changé. Le brouillard noir avait à ce point progressé qu'on distinguait à peine le ciel du jeu.

— À présent que vous êtes tout près, ajouta Midori à travers Abondance, le brouillard avance à la vitesse d'une charge de buffles. Il sera bientôt autour de moi. Faites-moi sortir, je vous en supplie !

Hiroki et Emiko se regardèrent, impuissants. La faire sortir ? Comment faisait-on sortir un personnage de jeu vidéo d'un écran de télévision ?

Tandis qu'Hiroki regardait partout autour de lui, Emiko demanda :

— Vous savez ce qui s'est passé exactement, Midori-san ?

— Les gens de l'observatoire ont probablement essayé quelque chose. Je ne sais pas quoi. C'était peut-être un accident, c'était peut-être volontaire. Je n'ai rien vu, puisque j'étais là. Je jouais à *Kogen* quand c'est arrivé, pour me détendre après une rude journée. Il y a eu un bruit… Et j'ai eu la sensation d'une grande douleur. Le monde imaginaire du jeu est devenu réel, et j'y ai été aspirée. Du moins… mon esprit.

À ces mots, Hiroki et Emiko frissonnèrent. Son esprit ? Mais dans ce cas… où était donc son corps ? Ce n'est qu'à cet instant qu'ils comprirent. Ils se retournèrent lentement vers le divan, devant lequel ils étaient passés sans un regard, attirés qu'ils étaient vers l'écran et la console. Ils sentirent une main glacée leur caresser l'échine, et l'angoisse, implacable, se diffusa dans leur esprit et leurs membres comme un poison. Avant même de voir, ils *savaient*; mais l'horreur de cette révélation était telle que même fermer les yeux leur était devenu impossible.

Sur les coussins se trouvait un corps. Le corps d'une jeune femme au visage doux, les yeux clos, recroquevillée sur elle-même dans une position curieuse. Les articulations – coudes, poignets, chevilles – formaient des angles inattendus, comme s'il s'était agi d'une poupée qu'on aurait tordu n'importe comment. Pouvait-elle être dans cette posture depuis plus de dix ans?

Elle ne respirait pas, Emiko l'aurait juré: sa poitrine ne se soulevait pas d'un millimètre. Mais elle dégageait de la chaleur, comme si elle était vivante. «Une morte-vivante!» songea Hiroki sans trouver la force d'articuler le moindre son.

Ils restèrent figés dans cette contemplation une longue minute, partagés entre un sentiment d'horreur et de fascination. Mais le visage agréable de la jeune femme finit par avoir raison de leur épouvante.

Hiroki se décida à regarder l'écran où Midori, à travers Abondance, semblait en proie à une vive agitation.

— Ton esprit est dans le jeu… et ton corps ici, c'est bien ça ?

— Je crois que c'est ça, oui. Même si j'ai du mal à l'admettre.

— C'est pour cela que tu nous entends, n'est-ce pas ? Il n'y a pas de micro, sur la console. C'est ton corps qui entend… et qui transmet le son… à ton esprit dans l'écran ?

— Je crois que c'est cela.

Emiko trépignait d'angoisse :

— Mais… comment pouvons-nous vous aider, maintenant ? Et pourquoi personne ne l'a fait, jusqu'à présent ?

— Je ne sais rien de ce qui se passe dans votre monde depuis que mon esprit est dans le jeu. Mais je crois que c'est l'attachement que je portais à ton père qui, curieusement, est la clé de tout. Ce lien a survécu à ma « mort ». Il existe au-delà des réseaux, des serveurs, même s'il emprunte peut-être le même chemin. L'accident, quelle qu'en soit la nature, a donné une existence physique à ce qui ne devrait être qu'un… sentiment.

— Et j'ai recréé ce lien en rebranchant la console de mon père, bredouilla Hiroki. J'aurais pu le faire dans dix ans… ou jamais.

— Oui. Mais maintenant, il faut me faire sortir d'ici.

Hiroki gémit :

— D'accord, mais on en revient à la même question : comment ? Tu dois… retourner dans ton corps, c'est ça ?

— Oui, et je pense savoir où se trouve le passage qui, dans le jeu, peut me ramener dans votre monde. Mais je ne peux pas y aller seule.

— Comment cela ?

— Quand nous nous sommes rencontrés, tu ne voyais pas vraiment mon personnage dans le jeu, mais en quelque sorte sa projection. Une sorte de fantôme.

— Ah oui, à cause du sort ! Ton personnage projetait son esprit à travers le jeu.

— Exactement. Et Abondance, la vraie, est coincée dans ce donjon. Et je ne peux pas l'en faire sortir. Ma liberté se limite à des actions automatiques écrites dans le programme du jeu. Si je veux sortir, il faut que tu prennes le contrôle d'Abondance, Hiroki.

Le garçon remarqua alors la manette qui trainait au pied du divan. La manette que Midori tenait probablement quand l'étrange phénomène dont elle avait parlé était survenu.

— Tu crois qu'il y a encore de la batterie ? s'étonna Emiko alors qu'Hiroki se saisissait de l'accessoire.

— Je ne sais pas. Tout a l'air d'être resté exactement dans son état d'origine ! Alors…

La manette afficha une lumière orange quand Hiroki s'en saisit : elle était donc en voie de se décharger. Mais peut-être cela allait-il être suffisant.

Ses pouces commencèrent à s'agiter, et Abondance se mit à bouger.

— Quelle sensation étrange, fit-elle. Je me sens portée. C'est à la fois désagréable et amusant.

— As-tu une idée d'où il faut aller ?

– Par là où tu étais entré toi-même. Après quoi nous…

La phrase s'arrêta net et l'écran s'éteignit. Mais au lieu du silence, le grincement de la parabole géante se glissa jusqu'à eux.

– Je crois que je comprends! s'exclama Emiko. La parabole de l'observatoire! C'est quand elle est dans une certaine position que Midori peut se manifester! C'est elle qui établit le lien entre nos deux mondes!

Hiroki s'étrangla.

– Au point où on en est, je veux bien tout croire! Mais que pouvons-nous faire en attendant? Les vingt minutes sont écoulées, ojisan va se mettre à notre recherche. Et s'il tombe sur le gardien…

– Oh non! Le gardien avait un pistolet! Tu crois qu'il pourrait tirer sur ton oncle?

– Tout est fait pour que personne n'approche cet endroit! Je ne sais pas quel sort ils peuvent réserver aux intrus!

Ils se rapprochèrent l'un de l'autre, morts d'inquiétude. Il y eut un nouveau grincement, et l'image réapparut sur l'écran. Les deux enfants poussèrent un cri de soulagement.

— Ah! Te revoilà! Nous avons eu peur! Je prends les choses en main, Midori, ne t'inquiète pas! Je ne sais absolument combien de temps on a avant que ça ne coupe encore! Tiens, mais... qu'est-ce qui se passe?

Le côté droit de l'écran s'était mis à trembler. Hiroki pensa qu'il s'agissait d'une défaillance du téléviseur, peut-être d'un problème dans le jeu; mais bientôt, il comprit que le brouillard noir avait fini par les rattraper. Le jeu était en train d'être grignoté par ce néant, tout comme les feuilles des arbres à l'extérieur. Le jeu, en somme, était en train de s'auto-effacer.

— Aaaaaah, cria Hiroki en agitant la manette. Sauvons-nous!

Les doigts d'Hiroki se mirent à s'agiter, et Abondance courut jusqu'à la porte — qui était verrouillée. Le garçon réfléchit.

— Si j'avais Rodolphe, je pourrais enfoncer la porte. Abondance n'a pas d'arme assez lourde. Là, je ne sais pas quoi faire.

– Hiroki, est-ce que tu penses que ta grosse bête est encore dans le donjon ? Si oui, elle pourrait enfoncer la porte !

– Akeno ? Ah oui, on l'a laissée de l'autre côté de la porte et elle appartient au jeu. Elle n'a pas dû bouger. Mais comment la prévenir ?

– Je n'en sais rien.

– Oh ! Si, j'ai une idée ! Midori !

– Oui ?

– Tu peux toujours projeter une image de toi, pas vrai ?

– Oui, comme je t'ai dit, c'est même à peu près tout ce que je pouvais faire sans quelqu'un pour «me» diriger avec une manette.

– Alors, projette-toi en bas des marches du donjon. Et s'il y a une espèce d'ours en bas, excite-le ! Il faut qu'il te poursuive !

Midori ne se fit pas prier. Aussitôt, on vit un double translucide d'Abondance se détacher de son corps, et se mettre à flotter à travers les airs. La forme sous laquelle Hiroki l'avait vue, dans le jeu, pour la première fois.

Pendant une minute, Hiroki et Emiko se contentèrent de suivre, passivement, ce qui se passait sur l'écran de télévision. Midori était devenue un esprit, et un esprit n'avait aucune limitation matérielle. Le «fantôme» d'Abondance voletait au-dessus des marches, se riant des obstacles. Et bientôt, comme espéré, elle trouva Akeno avachie dans un couloir. La créature sentit la présence éthérée, et commença à grogner : tout fonctionnait comme prévu. Quelques secondes plus tard, Akeno poursuivait la silhouette translucide comme un chien court après un lapin. Abondance traversa la porte du donjon comme si elle n'existait pas, et Akeno, dans sa course, la fracassa en mille morceaux. Le choc l'étourdit un moment, et Hiroki en profita pour reprendre le contrôle d'Abondance.

– Dommage qu'on ne puisse pas faire nos adieux à Akeno, regretta Hiroki.

– Oui, ben ce n'est pas trop le moment. Vas-y, fais bouger Abondance avant qu'Akeno ne lui saute dessus !

Le personnage de pixels dévala l'escalier du donjon, pour de bon cette fois, et put atteindre la cour. Par chance, Hiroki, à travers le personnage de Rodolphe, avait préalablement réglé leur compte à la plupart des monstres qui hantaient les lieux. Abondance, contrôlée par Hiroki, n'eut qu'à éviter quelques chauve-souris et rats, qui présentaient un danger moins immédiat que le fameux brouillard.

– Tu sais où tu dois aller, maintenant ? demanda le garçon.

La voix de Midori résonna à travers les haut-parleurs du téléviseur :

– Tout au fond, là-bas, il y a un puits ! Tu vois la lumière qui s'en échappe ? C'est là que je dois me rendre.

– Et ça va te ramener dans ton corps ?

– J'ai toujours pensé que c'était « le passage ». Il était tellement cruel de l'avoir sous les yeux, depuis ma fenêtre, pendant tout ce temps… sans pouvoir l'atteindre.

– Fonçons, alors !

Hiroki maintint enfoncé le bouton de course, ce qui fit accélérer Abondance le temps que sa jauge d'endurance ne s'épuise. Mais l'écran du jeu était parasité en tout sens par le brouillard noir, tant et si bien qu'Hiroki commençait à avoir du mal à se repérer. C'était, désormais, comme s'il regardait l'écran à travers un sac de pommes de terre.

– Nous y sommes presque ! lança Hiroki d'une voix un peu étranglée.

À ses côtés, Emiko était en transe, incapable du moindre mouvement ou d'émettre un son quelconque.

Abondance se tenait désormais au bord du puits, dont s'échappait une colonne de lumière bleutée. Du moins, c'est ce que l'on pouvait encore deviner malgré le brouillage qui régnait sur toute la surface du jeu. Avec précaution, Hiroki la fit grimper sur le rebord. Il dit alors :

– C'est le moment, Midori. Tu es bien sûre ?

– Oui, c'est le moment !

– Alors…

Hiroki ne put s'empêcher de regarder par-dessus son épaule la silhouette alanguie sur le canapé, inerte comme dans un conte de fées. Allait-elle soudainement revenir à la vie ? Tout cela avait-il un sens ?

La logique semblait suspendue dans ce sous-sol mal éclairé, perdu au milieu des bois. Mais il n'était plus l'heure de se poser des questions.

Hiroki s'apprêtait à exécuter une commande simple avec la manette. Un petit mouvement du pouce, un sursaut de l'index… Il n'en fit rien. Car deux bras puissants l'avaient saisi et le trainaient loin de l'écran. À côté de lui, Emiko cria : elle aussi venait d'être attrapée par un individu accoutré comme la sentinelle croisée un peu plus tôt. Hiroki protesta, s'agita, se tortilla, mais rien n'y fit. La manette venait de lui échapper des mains, à deux doigts de la résolution. Et désormais, il tournait le dos à l'écran.

Sans plus toucher le sol, prisonniers de ces individus dont les intentions restaient inconnues, Hiroki et Emiko furent arrachés à jamais à la salle de jeu souterraine de Midori.

CHAPITRE DOUZE

Amours compliquées

— Tout a l'air d'être en ordre, déclara le médecin en rentrant dans la salle d'attente où patientaient Hiroki, Emiko et Daisuke.

Ce dernier demanda :

— Aucun risque pour les gamins, alors ?

— Non. Ils ne sont pas restés assez longtemps dans la zone.

L'infirmerie de l'observatoire était un endroit lumineux, moins lugubre que ce à quoi Hiroki se serait attendu.

Le médecin, un certain Dr Chiba, se racla la gorge :

– Vous n'aviez pas vu les panneaux, alors ? Vous avez risqué gros en entrant dans une zone contaminée. Heureusement, les radiations ne sont plus concentrées de façon assez forte pour qu'une exposition aussi brève ait des effets secondaires. Heureusement que votre oncle a prévenu les gardes ! Et heureusement aussi que ces mêmes gardes avaient repéré votre voiture garée sur le chemin.

Daisuke prit sa grosse voix :

– Qu'est-ce qui s'est passé ici, au juste ?

Le médecin eut l'air embarrassé.

– Nous n'avons pas le droit de vous le dire.

À cet instant, un autre individu entra dans la pièce. Il portait un complet marron à la coupe démodée, des petites lunettes rondes, et son front dégarni brillait intensément sous la lumière électrique.

– Il y a eu… un incident, annonça-t-il sans se présenter.

Daisuke fronça les sourcils.

– Un incident qui crée des radiations, hein ? J'ai bien vu qu'il n'y avait plus un seul animal dans le coin ! Et les arbres…

L'homme l'interrompit.

– Disons que nous avons tenté une expérience qui impliquait en effet des radiations. Mais cela n'aurait pas dû se remarquer, tout devait être contenu dans cet observatoire. Disons que… cela ne s'est pas très bien passé. Nous n'avons pas tenu à ce que cela s'ébruite. Les dégâts étaient très circonscrits, contrairement à ce qui s'est passé à Fukushima après. Ce n'est pas une centrale nucléaire, ici.

Hiroki ne tenait plus :

– Mais… Midori ! Vous n'avez rien fait pour elle ?

L'homme regarda de côté, avant de répondre :

– La jeune fille dans le sous-sol ? En réalité, nous ignorions sa présence jusqu'à aujourd'hui. Quand, il y a douze ans, les secours sont venus, ils ont trouvé la maison vide. Ils ont pensé que l'occupante des lieux avait déjà pris la fuite, voilà tout. Dans la panique, personne n'avait remarqué l'entrée du sous-sol. Encore tout à l'heure, les gardes ne l'ont pas remarquée tout de suite.

– Quelqu'un a bien dû s'inquiéter de sa disparition ! gronda Daisuke.

— Nous n'avons pas suivi les choses de près. Peut-être. À notre connaissance, elle n'avait pas de famille proche, et il y a eu un avis de disparition émis à son sujet. La zone ayant été interdite d'accès, personne n'a pu venir vérifier sur place.

Hiroki songea que ce que les habitants du coin avaient pris pour une éclipse devait être le fameux «incident». Était-ce lui la cause de ce lien invisible qui, durant tout ce temps, avait uni la console de Midori à celle de son père? C'était la seule explication possible. Pourtant, ces explications ne consolaient guère Hiroki: il avait échoué, au dernier moment, à la dernière fraction de seconde, à faire sortir l'esprit de Midori du jeu où il avait été capturé. Jusqu'alors, il avait été trop angoissé par les examens médicaux pour y penser vraiment. À présent qu'ils étaient sur le point de repartir, ce constat l'emplit d'une violente tristesse.

— Je compte sur votre discrétion, fit l'homme sans nom. Nous n'avons aucun droit de vous garder ici, mais ébruiter cette histoire ferait plus de mal que de bien. Tant que nous ne pourrons affirmer que la zone est devenue inoffensive, nous continuerons à en restreindre l'accès.

— Il fallait le restreindre un peu mieux que ça! protesta Daisuke. Un barbelé, c'est tout? Bande d'amateurs!

L'air vexé, l'homme déclara :

— C'est que… il ne faut pas trop attirer l'attention non plus. L'équilibre est dur à trouver. Maintenant, quoi qu'il en soit, vous voilà libres de repartir. Et encore une fois : pas un mot à qui que ce soit. Ce n'est pas une menace, juste un souhait.

— Et pourquoi on se tairait, hein? Vous vous croyez où? Le public a le droit de savoir!

L'homme hocha la tête d'un air contrit, et tira une enveloppe de sa poche, qu'il tendit à Daisuke.

— Mon directeur m'a remis ça pour vous. Il espère que la somme inscrite sur ce chèque vous offrira une compensation honnête pour le silence que nous attendons de vous.

Daisuke, un sourcil levé, ouvrit l'enveloppe, jeta un coup d'œil à l'intérieur. Il déglutit, et ronchonna :

— Bon, bon… Disons que nous sommes quittes. C'est bien parce que vous avez l'air sympathique, hein ! Les mômes, pas un mot de tout ça, d'accord ?

Hiroki, qui n'y tenait plus, ouvrit la bouche pour poser la question qui lui brûlait les lèvres. Mais déjà, on le poussait à l'extérieur de la salle d'attente.

Ils déambulèrent dans un long couloir qui les menait à la sortie de l'observatoire. Ils croisèrent une multitude d'hommes et de femmes en blouse blanche, l'air concentré.

Alors que la sortie était en vue, Hiroki et Emiko avisèrent une porte à double battant, grande ouverte, dans laquelle un brancardier amenait un chariot. Sur celui-ci était étendu le corps d'une femme. Hiroki ne l'avait aperçue que dans la pénombre du sous-sol, mais il en était certain : c'était Midori. Son cœur cessa de battre un moment, et il se figea sur place.

La jeune femme allongée, tout à coup, avait ouvert les yeux. Son regard, d'abord vide, vint trouver celui d'Hiroki. Là, pendant une infime fraction de seconde, un sourire se dessina sur ses lèvres

blafardes. Un sourire plein de tendresse et de gratitude, qu'Hiroki n'eut pas le temps d'apprécier davantage : la porte se referma sur elle et tous les mystères
qui l'entouraient encore.

*

— Ma mère va me tuer, soupira Emiko alors qu'ils
descendaient du train à la gare d'Hitachi.

— Mon père ne me fera pas de cadeaux non plus.
Courage, c'est juste un mauvais moment à passer.

— Si au moins on avait pu les prévenir… Pas de
chance !

Cette allusion à la perte du téléphone de Daisuke
rendit ce dernier tout à coup très nerveux, comme au
moment du départ. Il trancha tout net :

— Ne vous inquiétez pas pour vos parents, j'en
fais mon affaire, ne trainons pas.

À cet instant, quelque chose fendit l'air et vint
heurter la tête de Daisuke, qui tomba à plat dos
sur le sol. L'objet volant se révéla alors être un sac
à main. Et ce sac à main appartenait à une femme

élégante d'une cinquantaine d'années, les poings sur les hanches et l'air farouche. Elle se pencha vers Daisuke, encore tout étourdi, et hurla :

— Tu croyais m'échapper, gros lourdaud ? Ah, tu fais moins ton fier, comme ça ! Il me semblait bien que je t'avais vu à la gare, ce matin. Pas de chance pour toi, Daisuke ! Et tu m'avais vue aussi, pas vrai ? Tu as essayé de prendre la fuite, et tu t'es dit que ça en resterait là ? Eh bien tu me connais décidément bien mal ! Je t'ai attendu toute la journée ! Maintenant, passons aux choses sérieuses.

Elle appuya un talon interminable sur la poitrine de Daisuke, l'empêchant de se relever.

— Je veux mon argent, Daisuke. Tout de suite !

Les enfants sursautèrent. Un règlement de comptes ! Mais ils n'avaient jamais imaginé les choses de cette manière.

— Akeno, bredouilla Daisuke, je peux t'expliquer.

«Akeno ?» pensèrent en même temps Emiko et Hiroki. Ainsi, c'était donc en pensant à cette femme que Daisuke avait baptisé la bête féroce qui sévissait dans le jeu *Kogen*.

— M'expliquer quoi ? reprit Akeno. Tu penses que j'ai quelque chose à faire de tes bobards ?

— C'est un peu compliqué en ce moment et…

— C'est *toujours* compliqué avec toi ! Mais ça ne prend plus. Allez, donne-moi ce que tu as sur toi, et plus vite que ça !

Résigné, Daisuke glissa une main dans la poche intérieure de sa veste.

Hiroki, timidement, osa :

— Madame… vous… vous êtes une yakuza, c'est ça ?

Akeno regarda Hiroki avec des grands yeux étonnés. Elle demeura ainsi pétrifiée pendant plusieurs secondes. Et d'un coup, elle explosa d'un rire joyeux qui résonna dans toute la gare.

— Une yakuza ? C'est ça qu'il vous a dit ? Ah ah ah ah ! Dis-leur, Daisuke le gros dur ! Dis-leur qui je suis !

— Akeno…

— Vas-y ou je te saute dessus à pieds joints !

Daisuke ravala sa salive et annonça, d'une voix mourante :

— Akeno… est ma femme.

— Ton *ex-femme*! À qui tu dois plusieurs mois de pension, escroc! Allez, mon argent!

Elle attrapa avec empressement la liasse de billets que Daisuke lui tendait. Elle compta une fois, deux fois, puis avec une moue déçue, déclara :

— Ce n'est pas tout ce que tu me dois, mais ça ira pour cette fois. Je te préviens : essaie encore de m'entourlouper, et je t'étrangle!

Elle laissa Daisuke se relever et un peu radoucie, demanda :

— Au fait, ce sont qui, eux? Tu n'as quand même pas des enfants cachés?

— C'est Hiroki, le fils de Takumi, fit Daisuke en se frottant le crâne.

Les yeux d'Akeno s'embuèrent, et elle caressa les cheveux du garçon.

— Oh… J'aimais beaucoup ta maman, tu sais. J'espère que… que tout va bien pour toi, mon garçon. C'est une amie à toi?

Hiroki et Emiko hochèrent de concert.

— Désolée d'avoir été un peu brusque. Vous savez, avec un énergumène comme lui, il n'y a pas le choix. Au fait, vous avez pris le train pour Sendai. Qu'êtes-vous allés y faire ?

— Même toi, tu ne nous croirais pas, soupira Daisuke.

*

Il était près d'une heure du matin. Alors qu'Hiroki, Emiko et Daisuke approchaient de chez eux et que l'angoisse montait chez les enfants, Hiroki fit :

— Daisuke ojisan… Akeno-san avait l'air de connaître maman, mais pas mon père.

— C'est normal.

— Pourquoi ?

— Je ne suis pas l'oncle de ton père. J'étais l'oncle *de ta mère*.

— Oh !

— Akeno a connu ta mère alors qu'elle était enfant. Quand elle a épousé ton père, les choses étaient déjà compliquées pour Akeno et moi. Quoi qu'il en soit, j'ai toujours adoré ton papa, et je le considère comme un fils… Je ne pense pas que cela soit réciproque, et ce n'est pas grave. J'ai été trop égoïste, à un moment de ma vie, pour avoir des enfants. Aujourd'hui, eh bien… je me rattrape comme je peux.

Ému, Hiroki se décida à demander :

– Ojisan… tu n'es pas vraiment un yakuza, alors ?

Daisuke sourit.

– Non. Je suis un vaurien, pas toujours honnête, qui n'a jamais su faire autre chose que se « débrouiller ». Je vis de petites combines, de petits boulots, et parfois, je croise des gens louches, c'est vrai. Rien à voir avec un vrai yakuza. Ça, c'était juste une rumeur que j'avais lancée à un moment pour me rendre intéressant.

– Tu n'as pas besoin de ça pour te rendre intéressant, protesta Hiroki.

– Ça me fait plaisir, mon garçon, même si je ne sais pas si c'est vrai. Ah, peu importe : nous sommes arrivés.

Emiko et Hiroki se regardèrent, le cœur battant.

– Entrons déposer Hiroki, et ensuite, je te raccompagne chez toi, Emiko. Je m'expliquerai avec ta mère.

Elle acquiesça.

Daisuke ouvrit la porte, et Hiroki fit un pas prudent dans le genkan. Il y avait de la lumière dans le salon : le père d'Hiroki avait probablement veillé tout ce temps.

La première chose qu'Hiroki remarqua, ce furent les restes d'un repas apparemment copieux, qui jonchaient le *kotatsu*[1].

La deuxième chose était la cravate de son père, qui pendait, curieusement, à un abat-jour.

Mais la troisième, à n'en pas douter, se révéla la plus surprenante. Il s'agissait de M. Abe et Mme Nakajima, enlacés, qui échangeaient un baiser passionné.

---

1. Sorte de table basse recouverte d'une couverture, souvent chauffée par le dessous, autour de laquelle on peut manger ou jouer.

Il se passa un long moment, qui permit à Emiko et Hiroki de vérifier que leurs parents ne s'étaient pas aperçus de leur présence.

— Je vais chercher une bière, déclara soudain Daisuke d'une voix neutre.

M. Abe et Mme Nakajima se retournèrent tout à coup, les cheveux dressés et rouges comme des fruits des bois.

— Vous… vous êtes rentrés, commença platement M. Abe.

— J'étais… venue voir si Abe-san avait des nouvelles de vous, ajouta Mme Nakajima. Nous étions morts d'inquiétude.

— Oui, ça en a tout l'air, répliqua sèchement Emiko.

Mme Nakajima remit un peu d'ordre dans sa coiffure.

— Eh bien, Emiko, je crois que nous allons devoir avoir une petite discussion, toi et moi, tu ne crois pas ?

— Je ne te le fais pas dire, mama.

— Non, je veux dire… Enfin…

Elle se tourna vers le père d'Hiroki :

– Je ne vais pas abuser de votre hospitalité, Abe-san. Emiko et moi allons rentrer.

– Oh, euh… Oui, évidemment. Je suis désolé pour toute cette…

Il ne finit pas sa phrase car il était évident qu'il n'avait pas la moindre idée de ce qu'il comptait dire. Mme Nakajima prit Emiko par la main, et gagna la porte d'entrée. Une fois son manteau sur le dos, elle se tourna vers M. Abe et dit :

– Je vous souhaite une excellente soirée. Je… Peut-être que demain, nous pourrions… Enfin si vous avez aimé ma… cuisine ?

– Bien sûr, bien sûr ! s'empressa de répondre M. Abe comme un automate. N'hésitez pas à passer !

Mme Nakajima sourit tendrement. Et ce sourire emplit Hiroki d'une joie mêlée de nostalgie qui lui fit battre le cœur plus fort et monter les larmes aux yeux.

Bientôt, la porte se referma.

– Bon… fit M. Abe.

Daisuke le dévisageait avec un sourire en coin, sa bière à la main.

– Quoi ? s'agaça M. Abe. Tu trouves que j'ai des comptes à rendre ? C'est plutôt toi, qui devrais t'expliquer !

– Je n'ai rien dit.

– « Directeur des études ». Ah, je t'en collerais, moi ! Quel culot ! Mme Nakajima était morte d'angoisse ! Elle a cru que sa fille avait été enlevée !

– Morte d'angoisse, hein ?

– Tu peux le dire !

– Eh bien, félicitations, j'ai l'impression qu'elle était plus détendue, quand elle nous a laissés.

M. Abe trépignait de colère :

– Je me suis douté que c'était toi, à la description qu'elle m'a faite. Je connais tes sales coups !

– Bon, alors pourquoi t'énerves-tu ?

– Enfin ! Tu aurais pu prendre ton téléphone !

– Je l'ai oublié à la gare.

– Ça t'aurait tué de te débrouiller pour me prévenir ?

Daisuke s'approcha de M. Abe et lui posa une main sur l'épaule.

– Quoi ? Qu'est-ce qui te prend ?

— Takumi…

— Oui ?

— Détends-toi, et profite. Tu l'as bien mérité.

Il serra le père d'Hiroki contre lui et tourna les talons, laissant l'intéressé planté sur place, complètement abasourdi. Quand il eut regagné sa chambre, on l'entendit éclater de rire.

Hiroki leva les yeux vers son père, qui s'était radouci :

— Tu as faim, Hiroki ? Je suppose que cette andouille ne vous a pas nourris ?

— Si, si. Ne t'inquiète pas.

M. Abe poussa un soupir.

— Je suis exténué, mon grand. Je vais aller dormir. Mais il faudra qu'on ait, nous aussi, une petite discussion. Pas ce soir.

— D'accord, papa.

M. Abe remplit un verre d'eau qu'il avala d'un trait.

— Vous vous êtes amusés, au moins ?

— Je ne sais pas si c'est le mot, papa. Je te raconterai un jour.

– Bon… Je vais dormir, alors.

Il s'éloigna. Hiroki s'écria alors :

– Papa !

– Oui ?

– Je suis heureux pour toi.

L'espace d'une seconde, le visage grave de M. Abe rayonna. Puis, il dit :

– Merci, Hiroki. J'ai de la chance de t'avoir.

Et il s'en fut…

ÉPILOGUE

– Emiko, attends !

La petite fille, les mains agrippées aux sangles de son cartable, se retourna.

– Hiroki ! Tout va bien ? Pas trop dur avec ton papa ?

– Non, non. Et toi avec ta mère ?

Elle haussa les épaules :

– Ça allait. Cela dit, gare à moi si je rate le soutien, désormais.

– Eh bien justement, je me disais que je pouvais t'accompagner. Seul à la maison, j'ai peur de m'ennuyer. D'ailleurs, j'ai débranché la console, ce matin. Je crois qu'il ne se serait rien passé, désormais, mais...

Papa a dit qu'il fallait tourner la page. Alors, je crois que c'est mieux de l'oublier.

— On la ressortira peut-être quand on sera grands, si on sait encore où elle est.

Hiroki savoura tout ce que ces paroles contenaient de promesses. Emiko reprit :

— Dis-moi… Ça ne va pas te manquer ?

— Les jeux ? Oh, t'inquiète. J'ai rangé *cette* console. Pas celle du salon !

— Tout va bien, alors. Sinon, c'est bien vrai ? Tu viens au soutien avec moi ?

— Ben oui.

Emiko en eut l'air ravi.

— Oh, ça me fait plaisir ! Et puis, tu sais, ça ne finit pas trop tard. On pourra aller faire un tour après. À la plage, peut-être ?

— J'y compte bien ! Il fera moins chaud.

Elle s'assombrit un peu, puis déclara :

— Je n'ai même pas dit au revoir à ton oncle.

— Ah ah, ne t'inquiète pas pour ça. Si tu veux lui parler, tu pourras le faire tous les jours.

— Tu veux dire que…

— Papa a beau le considérer comme un parasite, il est très attaché à lui. Il lui a proposé d'habiter chez nous pour le moment. Il a promis d'acheter lui-même son lit et de faire la cuisine tous les jours.

— Ton père ne pouvait pas refuser une telle offre ! C'est une excellente nouvelle !

Ils cheminèrent ensemble un moment, puis Hiroki demanda :

— Dis, Emiko…

— Oui ?

— On va devenir… frère et sœur, tu crois ?

La question laissa Emiko pensive. Puis, elle dit :

— Peut-être bien, oui. On ne sait pas, les adultes sont si bizarres. Tout ce que je sais, c'est que maman n'arrête pas de me demander ce que je pense de ton papa.

— Et mon père prend une tête de Pokémon dès qu'on parle de la tienne.

Ils rirent de bon cœur.

— Hiroki, pour Midori…

Hiroki baissa la tête.

— Aucune idée de ce qui a pu lui arriver depuis que je l'ai vue dans l'observatoire.

— Tu es bien sûr que c'était elle, Hiroki ?

— Certain.

— On n'en saura sans doute jamais plus.

— C'est aussi ce que crois. J'avoue que ça me rend un peu triste.

Hiroki soupira.

— C'est étrange… plus le temps passe, plus j'ai l'impression d'avoir rêvé.

— Moi aussi. C'est normal, je pense. Et c'est sûrement mieux comme ça. Sinon, notre vie deviendrait trop bizarre.

— Tu as raison, Emiko. Alors, autant ne plus en parler, tu ne penses pas ?

— D'accord !

Ils abordèrent un autre sujet, plus léger, et arrivèrent bientôt à l'école.

Et ils refirent ce chemin ensemble le lendemain, le surlendemain encore, toujours plus complices.

Ils étaient à ce point heureux dans leur petit monde qu'ils ne remarquèrent même pas, une semaine plus tard, la jeune femme qui les observait depuis un banc, discrète et souriante. Quand ils l'eurent dépassée, elle continua à les regarder avec affection, jusqu'à ce qu'ils disparaissent presque complètement au bout du chemin. Alors, elle considéra l'enveloppe qu'elle tenait dans ses mains, hésita, puis la déposa sur le banc et partit dans la direction opposée.

Quelles étaient les chances pour qu'Hiroki et Emiko trouvent cette lettre, plus tard ou même le lendemain ? Bien faibles en vérité. Mais dans ce quartier d'Hitachi, cet été-là, on avait déjà vu des choses bien plus extraordinaires encore…

FIN

PAPIER À BASE DE
FIBRES CERTIFIÉES

Le Livre de Poche s'engage pour
l'environnement en réduisant
l'empreinte carbone de ses livres.
Celle de cet exemplaire est de :
250 g éq. CO_2
Rendez-vous sur
www.livredepoche-durable.fr

« Pour l'éditeur, le principe est d'utiliser des papiers composés de fibres naturelles, renouvelables, recyclables et fabriquées à partir de bois issus de forêts qui adoptent un système d'aménagement durable. En outre, l'éditeur attend de ses fournisseurs de papier qu'ils s'inscrivent dans une démarche de certification environnementale reconnue. »

Édité par la Librairie Générale Française - LPJ
(58 rue Jean Bleuzen, 92 170 Vanves)

Composition Nord Compo
Achevé d'imprimer en Espagne par Liberdúplex
Dépôt légal 1re publication août 2023
36.8092.7 / 01 - ISBN : 978-2-01-723311-4
Loi n° 49-956 du 16 juillet 1949 sur les publications destinées à la jeunesse
Dépôt légal : août 2023